外国经典诗歌珍藏丛书

莎士比亚诗选

柳鸣九 / 主编　屠岸 / 编选　屠岸　章燕 / 译

时代文艺出版社

图书在版编目（CIP）数据

莎士比亚诗选 / (英) 莎士比亚著；屠岸编选；屠岸，章燕译. — 长春：时代文艺出版社，2020.2
(外国经典诗歌珍藏丛书 / 柳鸣九主编)

ISBN 978-7-5387-6188-7

Ⅰ. ①莎… Ⅱ. ①莎… ②屠… ③章… Ⅲ. ①诗集－英国－中世纪 Ⅳ. ①I561.23

中国版本图书馆CIP数据核字（2019）第232158号

出 品 人　陈　琛
产品总监　邓淑杰
责任编辑　李鹏飞
封面绘画　刘星宇
装帧设计　孙　利
排版制作　隋淑凤

莎士比亚诗选

［英］莎士比亚 著　屠岸 编选　屠岸　章燕 译

出版发行 / 时代文艺出版社
地址 / 长春市福祉大路5788号　龙腾国际大厦A座15层　邮编 / 130118
总编办 / 0431-81629751　发行部 / 0431-81629755　北京开发部 / 010-63108163
官方微博 / weibo.com / tlapress　天猫旗舰店 / sdwycbsgf.tmall.com
印刷 / 三河市万龙印装有限公司
开本 / 880mm × 1230mm　1 / 32　字数 / 315千字　印张 / 15.5
版次 / 2020年2月第1版　印次 / 2020年2月第1次印刷　定价 / 45.00元

图书如有印装错误　请寄回印厂调换

编者、译者简介

屠　岸（1923—2017）

江苏常州人。曾任人民出版社总编辑。名片上的“头衔”是：诗爱者、诗作者、诗译者。自称“平生不识烟茶酒，只有诗魔伴我眠”，其中“诗魔”包括爱诗、写诗、译诗。著作有《萱荫阁诗抄》《屠岸十四行诗》《哑歌人的自白》《深秋有如初春——屠岸诗选》《夜灯红处课儿诗——屠岸诗选》《诗论·文论·剧论》《倾听人类灵魂的声音》《生正逢时——屠岸自述》等；译著有惠特曼诗集《鼓声》《莎士比亚十四行诗集》、斯蒂文森儿童诗集《一个孩子的诗国》（与方谷绣合译）、《英美著名儿童诗一百首》《济慈诗选》《英国历代诗歌选》《英语诗歌精选读本》等多种。《济慈诗选》获鲁迅文学奖翻译奖；2010年获中国翻译协会颁给的翻译文化终身成就奖。

章　燕

1962年生于北京，祖籍江苏常州。现任北京师范大学文学院教授，博士生导师。著作有《多元·融合·跨越——英国现当代诗歌及其研究》，发表英美诗歌、诗论及中国诗歌方面的学术论文四十余篇。编著有《永生的启示——英国浪漫主义诗歌名篇赏析》《英语诗歌精选读本》（与屠岸共同选编）、《外国诗歌经典100篇》（与屠岸共同选编）、《我愿意是急流——中外爱情诗经典》（与屠岸共同选编）。参与翻译诗歌及理论作品多部。

不囿于一代而照临万世（序）

屠 岸

一

莎士比亚（William Shakespeare，1564~1616），英国的也是世界级的伟大戏剧家和诗人。生于16世纪英国中部一个小镇的殷实人家。小时受教育于故乡的文法学校。青年时期到伦敦，踏进戏剧职业圈。集剧作家、诗人、演员、剧团股东于一身。晚年回故乡定居。一生创作剧本三十九个（其中少数几个与人合作）、十四行诗一百五十四首。两首长篇叙事诗及其他杂诗若干。他的四部悲剧《哈姆雷特》《李尔王》《麦克白》《奥瑟罗》成为世界文学宝库中的巅峰之作。他的一些喜剧和历史剧也达到世界文学中顶级作品水平。他的十四行诗，其艺术成就与在文学史上的地位可以同他最杰出的戏剧作品相媲美。

本·琼生赞莎士比亚“不囿于一代而照临万世”。雨果说莎士比亚“这种天才的降临，使得艺术、科学、哲学或者整个社会焕然一新”，读他的光辉“照耀着全人类，从时代的这一个尽头照到那一个尽头”。歌德说，“我读到他的第一页，就使我一生都属于他；读完了第一部，我就像是一个生下来的盲人，一只奇异的手在瞬间使我的双眼看到了光明。”普希金说莎士比亚具有一种与人民接近的伟大品质，这种品质“应该成为为俄罗斯戏剧领路的星辰”。别林斯基说，“这位神圣而崇高的莎士比亚，对地狱、人间和天堂全都了解。他是自然的主宰，通过他的灵感的天眼，他看到了宇宙脉搏的跃动。……他的意义和内容像宇宙一样伟大而无限。”这些评语和感言，出自世界级的伟大诗人、作家、评论家，既是针对莎士比亚的戏剧，也是针对莎士比亚的诗歌。

本书的主体部分是莎士比亚的十四行诗，同时也收入他的长篇叙事诗《鲁克丽斯失贞记》和哲理诗《凤凰和斑鸠》以及另一些杂诗。

本“前言”介绍莎士比亚十四行诗。其他诗作每篇前分别有“小引”作介绍。

按照“出版物登记册”的记载，伦敦的出版商人托马斯·索普（Thomas Thrpe）在1609年5月20日取得了“一本叫作莎士比亚十四行诗集的书”的独家印行权，不久这本书就出售了。索普还在这本书的卷首印了一段谜语般的献词，献给“这些十四行诗的唯一促成者，W.H.先生”。在这之前，这些十四行诗中的两首曾在一本小书中出现过。索普的版本包括了一百五十四首十四行诗，这就是莎士比亚十四行诗集最早的、最完全的“第一四开本”。到了1640年，出现了本森（Benson）印行的新版本，少了八首，各诗的次序也作了另外的安排。在17世纪，没有出现过其他版本。

自18世纪末期以来，莎士比亚十四行诗引起了人们的巨大兴趣和种种争论。例如，这些诗是作者本人真实遭遇的记录，还是像他的剧本那样，是一种“创作”即虚构的东西？这些诗的大部分是歌颂爱情的，还是歌颂友谊的？这些诗的大部分是献给一个人的，还是献给若干人的？对这些诗的思想内容和艺术成就应当怎样评价？

现在，让我先来介绍一下莎士比亚十四行诗的所谓“故事”的轮廓。按照广泛流行的解释，这些十四行诗从第一首到第一二六首，是写给或讲到一位美貌的贵族男青年的；从第一二七首到第一五二首，是写给或讲到一位黑肤女郎的；最后两首及中间个别几首，与故事无关。第一首至第一七首形成一组，这里诗人劝他的青年朋友结婚，借以把美的典型在后代身上保存下来，克服时间的毁灭一切的力量。此后直到第一二六首，继续着诗人对那位青年的倾诉，而话题、事态和情绪在不断变化、发展着。青年是异乎寻常的美（第一八~二〇首）。诗人好像是被社会遗弃了的人，但对青年的情谊使他得到无上的安慰（第二九首）。诗人希望这青年不要在公开的场合给诗人以礼遇的荣幸，以免青年因诗人而蒙羞(第三六首）青年占有了诗人的情妇，但被原谅了（第四〇至四二首）诗人保有着青年的肖像（第四六、四七首）。诗人比青年的年龄大（第六三、七〇作首）。诗人对于别的诗人之追求青年的庇护，特别对一位“诗敌”得到青年的青睐显出妒意（第七八至八六首）。诗人委婉地责备青年生活不检点（第九五、九六首）。经过了一段时间的分离，诗人回到青年的身边（第九七、九八首）诗人同青年和解了，他们的深厚友谊恢复了（第一〇九首）。诗人因从事戏剧的职业而受到社会的冷待（第一一一首）。诗人曾与无聊的人们交往而与青年疏远过，但又为自己的行为辩护（第一一七首）。有人攻击诗人对青年的友谊，诗人为自己辩护（第一二五首）。诗人迷恋着一位黑眼、黑发、黑（褐）肤、卖弄风情的女郎（第一二七首，第一三〇至一三二首）。黑女郎与别人（可能就是诗人的青年朋友）相爱了，诗人陷入苦痛中(第一三三、一三四、一四四首）。黑女郎是有丈夫的（第一五二首）。

这个故事是建立在这样的前提条件下的：假定这些诗的大部分之呈献对象是作者的朋友（男性），是一个人而不是若干人。这个译本所附的“译解”，基本上是按照这个假定去做的。但译者也注意到不把话说死（因为译者不认为这是定论），例如译者采用“爱友”一词，就有既可理解为朋友（男性）、又可理解为情人（女性）的用意。

但是，承认上述假定，并不意味着争论的终结。事实上，剧烈的争论，烦琐的考证，正是在把这个假定当作前提的情况下进行的。据说，这部诗集是英国诗歌中引起争论最多的诗集，而这些争论，据一位莎士比亚学者的意见，可以归纳为下列诸问题：

1.这些十四行诗被呈献给“W.H.先生”。他是谁?

2.大部分诗是写给一位青年美男子的。他是不是W.H.先生？

3.诗人曾劝青年结婚，有没有证据证明这位青年（指实际上存在的某君，下同）不愿意结婚？

4.是否还有诗人与青年之间关系的旁证？

5.“诗敌”是谁？

6.青年占有了诗人的情妇。她是谁？

7.黑女郎是谁？

8.第一〇七首中所涉及的事件究系何指？

9.这些诗排列的次序是否无误？

10.这些诗是否形成一个连续的故事？如果是，这故事与诗人及青年的实际事迹是否相符？

11.这些诗是在什么年月写成的？

从这十一个问题所包括的范围看来，争论的内容限于对这些诗所涉及的事实的考证。弄清这些诗写作时的实际环境，有助于了解这些诗的价值。但是，即使是必要的考证也只是提供材料罢了。对作品的了解，主要依靠根据科学观点对作品本身和有关材料进行分析。遗憾的是，某些考证家们的兴趣是事实细节的本身。而这，对了解作品的价值不一定有多少帮助。但是，不管莎士比亚十四行诗集一二百年来在莎士比亚学者和爱好者中引起了怎样的轩然大波，这部诗集本身的思想力量和艺术力量却为愈来愈多的读者所认识。W.H.先生究竟是谁，青年究竟是谁，黑女郎究竟是谁，等等，毕竟是无关宏旨的。

关于这部诗集的争论情况，介绍到这里也可以结束了。但是，我还想对这些诗的歌颂对象问题再啰唆一下，因为这牵涉到读者对这些诗的欣赏问题。前面说过，莎士比亚十四行诗“故事”是广泛流行的解释，而这种解释是18世纪末期才产生的。1780年，英国学者梅隆和斯蒂文斯二人提出了朋友说和黑女郎说。在这之前，人们相信这些诗的大部分或全部是歌颂情人(女性）的。在这之后，朋友说虽然得到大多数读者的承认，却并未说服一切读者。例如，18世纪末、19世纪初英国著名诗人柯尔律治（Coleridge）仍坚持莎士比亚十四行诗全部都是呈献给作者所爱的一个女人的。直到今天，仍然有人持不同的意见；有人虽然接受了朋友说，但认为第一至一二六首中有若干首是写给情人的。我个人觉得，第一至一二六首中有若干首，例如开头的几首，特别是第三、第九、第二〇、第四〇至四二首，以及第六三、第六七、第六八、第一〇一首（后面四首的描写对象不是第二人称而是第三人称，作者用了阳性代名词he这个字）等，如果把它们的描写对象或接受者当作女性，那是解释不通的。但是，除了这一部分属于特殊情况的以外，第一至第一二六首中大部分诗，就诗篇本身来说，把它们解释为写给朋友或写给情人都解释得通。因此，把它们当作是歌颂友谊的诗，还是把它们当作是歌唱爱情的诗（不管它们全部都是献给一个人的还是分别献给若干人的），这可以由读者根据自己的欣赏要求去选择。不管你选择何者，或者对一些诗选前者，对另一些诗选后者，我认为诗篇本身的价值是不会受到多少影响的。比如，著名的第二九首：

但在这几乎是看轻自己的思想里，
我偶尔想到了你啊，——我的心怀
顿时像破晓的云雀从阴郁的大地
冲上了天门，歌唱起赞美诗来；
　　我记着你的厚爱，珍宝，
　　教我不屑把处境跟帝王对调。

在困难的时刻，崇高的友谊可以给人以力量；坚贞的爱情也会给人以力量。（这里“厚爱”的原文是既可解释为朋友爱，也可解释为异性爱。）过去，我知道有人为纪念远方的朋友而吟诵这首诗，也看到有人把它题抄在爱人的手册上。这说明读者可以按自己的需要来解释这首诗的歌颂对象。有些篇章，如果解释为写给朋友的，读者也许会感到不习惯。但是，友谊可以是“君子之交淡如水”，也可以是“一日不见，如隔三秋”。如果这首诗所写的是友谊，那么，这里的友谊就是一种强烈的情谊。虽然对这些诗的歌颂对象的解释具有两可性，但这些诗所表达的感情的强烈程度却规定了：如果是友谊，这不是泛泛之交；如果是爱情，这不是逢场作戏。何况，这里面还包含着深邃的思想。这就是说，即使把这些诗的呈献对象理解为情人（女性），它们也与当时流行的以谈情说爱为内容、诗风浮夸无聊的十四行诗，毫无共同之处。

二

某些学者研究莎士比亚，有他们自己的方式。根据我所接触到的有限材料，不妨举几个例子：

一种是从作品中寻出只言片语，从而对作者做出武断的推论，达到骇人听闻的目的。例如，卡贝尔（Capell）及伯特勒夫人根据第三七首第三行“我虽然受到最大厄运的残害”（直译原文意为：“我，被最大的厄运伤害得成了瘸子”），推定莎士比亚是个事实上的瘸子，并认为这是他作为伶人而不能成为名角的原因。又如，有一位“哈瑞叶特·契尔斯托夫人(Mrs.Harriet B.Cherstow）的后裔”，根据第三五首第一至八行，第八九首第八行“就断绝和你的往来，装作陌路人”（照字面硬译，意为：“我就绞杀朋友，装作陌路人”）等等，得出结论说莎士比亚是一个谋杀犯！

一种是，根据作品的某一特点，或者不如说，利用作品所涉及的事实的某种不确定性，捕风捉影，无事生非。例如，莎士比亚十四行诗的歌颂对象具有两可性，于是，以伯特勒（Butler）、吉雷特（Gillet）等人为代表，提出所谓“同性恋爱说”。他们把莎士比亚描绘成一位男色的受害者或爱好者，在他脸上大抹其灰，并从而贬斥了这些十四行诗本身。

一种是，根据个人的好恶，或者根据一点表面的迹象，对作品做出不符合实际的评价。例如，恰尔默斯（George—Chalmers）曾说过，莎士比亚十四行诗“具有两个最坏的缺点……一是意义隐晦；一是令人生厌”。又说过，这些诗“大抵因浮夸而失色；为矫饰所败坏”。

一种是，对作品中最有社会积极意义的部分加以攻击。例如，莎士比亚十四行诗第六十六首，对当时社会的万恶的性质，做了直接的揭露和批判。这种公开的谴责，在莎士比亚的全部十四行诗中，是罕有的。对于这首诗，不仅进步的评论家一致给予高度的评价，就是一般评论家也是恭维的。但是，森茨伯瑞却说，第六十六首是莎士比亚全部十四行诗中“最矫揉造作的一首”。

诸如此类。

西方莎士比亚学者的工作是很有成果的。这里只是想说明，像上面所列举的几种“研究”和“评价”的方式，是不行的。那么，要怎样才能对莎士比亚十四行诗做出中肯的评价呢？对莎士比亚十四行诗的科学评价，应当留待专家们去做。笔者只是个业余的翻译爱好者，对于这样的任务是难以胜任的。

三

这部诗集乍一看来，倒确会给人一种单调的感觉。不是吗，莎士比亚在这些诗中老是翻来覆去地重复着相同的主题——总是离不开时间、友谊或爱情、艺术（但是，如果你把它们仔细吟味，你就会发觉，它们绝不是千篇一律的东西。它们所包含的，除了强烈的感情外，还有深邃的思想。那思想，同莎士比亚剧作的思想一起，形成一股巨流，汇入了人文主义思潮汇集的海洋，同当时最进步的思想一起，形成了欧洲文艺复兴时期人文主义民主思想的最高水位。

莎士比亚在这些诗里，通过他对一系列事物的歌咏，表达了他进步的人生观和艺术观。在这些歌颂友谊或爱情的诗篇中，诗人提出了他所主张的生活的最高标准：真，善，美和这三者的结合。在第一〇五首，诗人宣称，他的诗将永远歌颂真，善，美，永远歌颂这三者结合在一起的现象：

真，善，美，就是我全部的主题，
真，善，美，变化成不同的辞章；
我的创造力就用在这种变化里，
三题合一，产生瑰丽的景象。
真，善，美，过去是各不相关，
现在呢，三位同座，真是空前。

我觉得，可以把这一首看作是这部诗集的终曲——全部十四行诗的结语。

在否定中世纪黑暗时代的禁欲主义和神权的基础上，人文主义赞扬人的个性，宣称人生而平等，赋予了人和人的生存以全部重要性和新的意义。只要翻开莎士比亚十四行诗集，我们可以读到许多篇章中对生活的礼赞和对人的美质的歌颂。诗人把他的爱友当作美质的集中体现者而加以歌颂。夏日、太阳、各种各样的花、春天、丰盛的收获……都用来给他爱友的美质作比喻。诗人甚至认为，大自然的全部财富（美）都集中在他爱友一人身上（第六七首）。我们注意到一个有趣的现象：诗人一方面把他的爱友同古希腊美人海伦相提并论（第五三首），一方面又声称他爱友的美是空前的（第一〇六首），甚至借用从布鲁诺的哲学演化出来的循环说来说明这一点（第五九首）。这表明，诗人的审美观带有文艺复兴的时代特点：一方面高度评价古希腊的美的标准，一方面又认为，在他的时代，人的美质发展到了新的高度。

对于人的形体美和人格美（内心美）的关系，诗人的看法是，二者当然是不同的，但不能把它们孤立起来加以考察。一方面，诗人把形体优美、内心丑恶的人称之为用“甜美包藏了恶行”的人（第九五首），称之为“发着烂草的臭味”的“鲜花”(第六九首），甚至斥之为“变作羔羊的模样”的“恶狼”（第九六首）；另一方面，诗人把既具备形体美，又具备人格美的人称之为“浸染着美的真”（第一〇一首），称之为“宝库”（第三七首）。诗人宣称，只有意志坚定的人才配承受“天生丽质”（第九四首）。诗人指出，他的歌颂对象“应该像外貌一样，内心也和善”（第十首）诗人简要地说：“美如果有真来添加光辉，它就会显得更美，更美多少倍！（第五四首）。这就是说，只有当美（形体美）同真、善（人格美的两个方面）统一在一身的时候，这样的人才是美的“极致”，才值得大力歌颂。

诗人所说的善，是与恶相对立的概念。诗人在诗集中首先抨击的，是恶的表现的一种——自私。诗人把独身主义者称作“小气鬼”、“放债人”（第四首）、“败家子”（第一三首），以致心中有着“谋杀的恨毒”的人（第一〇首），就因为独身主义者不依靠别人、不爱别人，拒绝同别人合作；就因为独身生活只能产生“愚笨，衰老，寒冷的腐朽”（第一一首），它不能使“美丽的生命不断蕃息”（第一首），只能使“真与美”同归于尽（第一四首）。独身主义者——独善其身者——自私自利者，问题就是这样。因此，诗人把善的观念同婚姻和爱情联系起来，认为“父亲、儿子和快乐的母亲”唱出来的才是真正“动听的歌”，才是“真和谐”（第八首）。同时，诗人宣称，他需要爱情（友谊）就像生命盼食物，或者“像大地渴望及时的甘霖”（第七五首），对他来说，爱情（友谊）“远胜过高门显爵，/远胜过家财万贯，锦衣千柜”，只要有了爱情（友谊），他“就笑傲全人类”，而如果失去了爱情（友谊），他“就会变成可怜虫”，他就“比任谁都穷（第九一首）；诗人一再提醒对方，人生是短促的，必须把爱情（友谊）紧紧地抓住（第六四首、第七三首），诗人甚至夸张地说，在“广大的世界”中，只有爱友是他的“一切”（第一〇九首）；当诗人看不惯社会上的种种罪恶而愤慨得不想再活下去的时候，爱情(友谊）成了使他活下去的唯一动力（第六六首）——这一切说明，在诗人看来，不懂得爱情（友谊）的人，是多么冷酷无情！

诗人一再宣扬时间毁灭一切的威力。“不过是一朵娇花”般的美，是无法对抗“死的暴力”的（第六五首）；爱人是总要被时间夺去的（第六四首）；诗人本来也已经像“躺在临终的床上”，总是要老死的（第七三首）。怎么办呢？能够征服时间，也就是征服死亡的，只有两种东西：一是“妙技”的产物——人的后裔；一是能显奇迹的“神通”——人的创作（诗）。诗人说，缺少善心，必然同“妙技”绝缘（第一〇首、第一六首）；充满真爱，才能使“神通显威灵（第六五首、第七六首）。

诗人把“真”视作另一种蔑视时间的威力的力量。我们知道，英文truth（真）这个字，有好几种含义。在这部诗集的多数场合，“真”指的是忠贞——对爱情（友谊）的不渝。诗人歌颂忠于爱的“真心”，说，真正的——

> 爱不是时间的玩偶，虽然红颜
> 到头来总不被时间的镰刀遗漏；
> 爱决不跟随短促的韶光改变，
> 就到灭亡的边缘，也不低头。
>
> （第一一六首）

虽然诗人曾以忧郁的调子讲到过出现在爱情（友谊）双方之间的各种阴影，但最后诗人终于信心充沛地指出：这些波折正是时间对爱情（友谊）的考验，而后者经受住了考验。

他对自己的爱友说：“我曾经冷冷地斜着眼睛/去看忠贞；但

是，这一切都证实：/走弯路促使我的心回复了青春，/氢历经不幸才确信你爱我最深挚（第一一〇首）。而当诗人歌颂爱友内心的“永远的忠贞”的时候，他是把这种忠贞放置在高于一切“外表的优美”的位置之上的（第五三首）。

“真”的另一个含义，是艺术的真实性。在这部诗集里，我们接触到不少论及诗歌创作的篇章，它们是抒情诗和艺术论的奇妙结合。

首先，诗人表达出这样一种观念：自然美胜过人工美；自然和生命胜过一切人工产物，包括艺术。诗人认为，比起诗人们的赞美来，爱友的“一只明眸里有着更多的生命在”（第八三首），或者，比之于诗人“诗中的一切描摹，7镜子给你（爱友）看到的东两多得多”（第一〇三首）。同这样的思想相联系，诗人提出了艺术必须真实地（如实地）反映自然的主张。诗人说，他“爱说真话”，只有在真话中才能真实地反映他的爱友的“真美实价（第八二首）。诗人在第二一首中说：“我啊，忠于爱，也得忠实地写述。”（“忠”“忠实”“真”，在英文中是同一个字：“true”或“truth”——苏联诗人马尔夏克把这一行译成这样的意思：“在爱情和文字中——忠实是我的法则”，可以参考。）这里，诗人十分重视艺术创作中的真实性原则，他把这一原则同生活中对于爱情（友谊）的忠贞这一原则放在同等重要的地位。诗人为了强调他的论点，甚至说“你是你自己”这样没有任何夸大的老实话才是对描写对象的最丰富的赞辞(第八四首）。诗人痛恨浮夸的文风，认为这是对自然的歪曲，他不遗余力地攻击所谓“修辞学技巧”（第八二首）、“瞎比”（第一三〇首）、“夸张的对比”（第二一首），认为堆砌辞藻和描写过火是小贩的“叫卖”（第二一首），是在自然的形象上“涂脂抹粉”（第八三首），是对自然的“任意糟蹋（第八四首）。诗人反对戴假发，反对对自然的仿造，称呼虚伪的美容为“美的私生子”）第六七、六八首），这些都是从同样的意思生发出来的。莎士比亚在悲剧《哈姆雷特》里，曾通过哈姆雷特对伶人的指示，表示了自己对艺术（演剧）的意见：“就是在你们热情横溢的激流当中……你们也必须争取到拿得出一种节制，好做到珠圆玉润。”“你们切不可越出自然的分寸：因为无论哪一点这样子做过了分，就是违背了演剧的目的，该知道演戏的目的，从前也好，现在也好，都是仿佛要给自然照一面镜子……”（据卞之琳译文）这段话可以同上述那些诗篇中的“艺术论”参照着阅读，它们把作者的意思互相补充得更完整了。

我们还可以从更多的方面看到“真”的含义。诗人对他的爱友说，别的诗人“描写你怎样了不起，/那是他抢了你又还给你的辞令。/他给你美德，而这个词儿是他从/你的品行上偷来的；他从你面颊上/拿到了美又还给你：他只能利用/你本来就有的东西来把你颂扬（第七九首）。这里的意思是说，艺术创作不能脱离它的描写对象——自然，或者说，生活。要不是被描写的人本身有美德，那又怎么能产生歌颂美德的作品呢？要是离开了自然，或者说，生活，艺术又从何而来呢？

诗人又说，对于一位艺术家（诗人）来说，只有当他的作品是“实录的肖像”的时候，他才会“艺名特具”，“他作品的风格”才会“到处受称道”（第八四首）这意思是不是说——广大阶层的人们所喜闻乐见的，是朴素自然、真实地反映生活的作品；而矫揉造作、脱离生活的作品，必然会受到群众的摈斥？

诗人又提到，他的诗似乎永远重复着同一主题，总是在歌颂着他的爱友，其实那正因为诗人对爱友有着真实的感情，充沛的爱的思念，所以，像“太阳每天有新旧的交替”那样，他的爱“也就永远把旧话重提”（第七六首）。而那些“时髦”的诗人，“三心二意”的诗人，尽管他们的作品中充满着“新的华丽”“新奇的修辞”“复合的章法”（第七六首），就是说，在形式上下功夫；但由于他们缺乏真正的爱，缺乏真实的感情，他们的作品是内容空虚的无病呻吟，是不能打动人们的心灵的。诗人对他的爱友说，如果诗人比爱友先去世，爱友可能读到别的诗人的诗作，他们的技巧可能随着时代的前进而进步了，但诗人希望爱友仍然阅读诗人的作品——希望爱友这样说：“我读别人的文笔，却读他（诗人）的爱。”（原意为：“我读别人的诗，为了他们的文笔，读他——莎士比亚——的诗，为了他的爱。”）（第三二首）这里，诗人认为，掌握形式，运用技巧，固然是重要的，但是，如果没有真实的感情，推广一点来说，如果没有充实的内容，那么，即使形式掌握得很好，技巧运用得很熟练，这样的作品不过是舞文弄墨而已，是没有生命力的。

现在，可以回到前面提到过的能征服时间的两种东西中的一种，即人的创作上面来了。诗人巧妙地运用了香精（它是从鲜花中提炼出来的一种液体，能抗拒时间的威力，在花儿凋谢之后，长久地保持花的芳香）这个比喻，他不仅把人的后裔比作香精（第五首），也把人的创作比作能提炼香精的手段(第五四首）。诗人豪迈地宣称：他的诗——人的艺术创作——不仅强于雄狮、猛虎、凤凰（第一九首），而且是比“金石、土地、无涯的海洋”及“峰岩”“顽石”“钢门”更坚固（第六五首），比“帝王们镀金的纪念碑”“铜像”“巨厦”更永久的东西（第五五首）。诗人预言，“暴君的饰章和铜墓”“将变成灰”（第一〇七首），而他的诗却将永远“屹立在未来”（第六〇首），“与时间同长”第一八首）！——但是，如果不是按照“真”这个原则创作出来的作品，如果不是真实地反映自然的作品，如果不是具有真实的感情、充实的内容的作品，如果只是华而不实、无病呻吟的作品，那么，这样的作品是抵不住“时间的毒手”的，这样的作品很快就会被时间“捣碎”，很快就会被人忘却！

真正的艺术从两个方面藐视了时间的威力：使描写对象不朽，同时使作者不朽。“你，将在这诗中竖立起纪念碑”（第一〇七首），这里的“你”是描写对象。“他的美将在我这些诗句中呈现，/诗句将长存，他也将永远新鲜”（第六三首）。而诗句呢，正是作者的全部精神所凝聚而成的：“我身体所值，全在体内的精神，/而精神就是这些诗（第七四首），——诗人在另一个地方曾指出过：豢养肉体是愚蠢的，应该使灵魂（精神）健壮繁茂，这样才能“吃掉吃人的死神，/而死神一死，死亡就不会再发生”（第一四六首）——同时“只要人类在呼吸，眼睛看得见”，这样的“诗就活着”（第一八首）。这里，诗人不仅是在为他自己，也是在为一切伟大的作家预言，这预言在今天已经实现。

莎士比亚的十四行诗，有不少是正面提出重大的人生问题。有些却是通过对生活的某一侧面的描写，揭示出某种人生经验或哲理。例如，在第一四八、一五〇、一三七首，诗人似乎是在一而再地抱怨自己的眼睛不能反映“真正的景象”，这些诗很好地说明了我国成语“情人眼里出西施”这句话所包含的同样的道理。（第一一四首又道出了眼睛的另一种作用——把各种东西的形象都看作是爱友的可爱的形象。）又如，第五二首讲到了诗人感到不应与爱友接触太频繁，否则将失去见面时稀有的愉快。许多人都会有这种经验。这样的例子并不止两个。

我们知道，莎士比亚所处的是封建社会解体和资本主义生产关系兴起的时代。一方面，这个时代经历着伟大的变革，恩格斯把这个变革称作“人类前所未有的最伟大的进步的革命”（《自然辩证法·导言》）；一方面，社会矛盾进一步激化，资本主义的残酷性正在日益暴露出来。对于当时社会上尔虞我诈、弱肉强食等种种丑恶的现象，莎士比亚在有名的第六六首十四行诗中做了集中的揭露和控诉。

我们注意到，在莎士比亚的长篇叙事诗《鲁克丽斯失贞记》

中，当主人公鲁克丽斯被塔昆强奸之后，她曾在极度悲愤中控诉过世界的不公平。莎士比亚给了这次控诉以七十多行的篇幅。下面是比较强烈的一个诗节：

病人在死去，医生却在睡大觉；
孤儿饿瘦了，而强徒在吃喝开怀，
法官在作乐，寡妇却在哭号啕，
忠言不务正，瘟疫就蔓延开来。
你[①]不让任何慈善的事业存在。
　　暴怒，忌妒，叛逆，凶杀，强奸，
　　你的时辰伺候着这一切罪愆。

这不能只看作纯粹是人物的思想而不带有作者自己对当时社会的看法。

莎士比亚在他的悲剧《哈姆雷特》里，也曾让王子哈姆雷特在著名的“独白”里满含愤怒地指斥当时丹麦社会的丑恶现象：

谁甘心忍受人世的鞭挞和嘲弄，
忍受压迫者虐待、傲慢者凌辱，
忍受失恋的痛苦、法庭的拖延、

① 这里的“你”指时机（opportunity），也指某种行动（主要是作恶）的欲望。

衙门的横暴、做埋头苦干的大才
受作威作福的小人一脚踢出去，
……

《哈姆雷特》第3幕第1场，卞之琳译文）

如果我们把鲁克丽斯的悲鸣、哈姆雷特的控诉，同第六六首十四行诗比较一下，就可以看出它们有许多相似之处。但第六六首十四行诗在激越中带有一种更深沉的调子。鲁克丽斯的悲鸣披着古罗马的外衣，哈姆雷特的控诉穿着古丹麦的行头。而第六十六首十四行诗却是诗人直抒自己的胸臆，直接指斥当时的英国社会，因此它的深沉绝非偶然，它使读者受到更为直接的感染。

同时，我们还注意到，在第六六首十四行诗所历数的种种罪恶中，有一些是《鲁克丽斯失贞记》或《哈姆雷特》中所没有提到的。例如：

见到文化被当局封住了嘴巴，
见到愚蠢（像博士）控制着聪慧。

这两行值得我们特别注意。在莎士比亚时代的英国，实行着官方检查上演剧目的制度。那时候，直接揭露当时社会的黑暗，将冒割舌或处死的危险。当时的舞台上流行着所谓“从远处来表演”的

“惯例”[1]，莎士比亚的许多反映当时现实的戏剧就都以古代或外国故事剧形式出现。而且，在那个时代，戏剧被认为是纯职业性的东西，伶人和剧作家的社会地位卑微，他们的创作不被认为可登大雅之堂，他们的人格也往往受到轻视。因此，我们不能不认为，第六十六首十四行诗不仅是作者对周围现实客观地观察的结果，而且体现着作为演员又作为剧作家的莎士比亚本人的切肤之痛，有着莎士比亚本人的不平之鸣。

关于戏剧从业人员的社会地位问题，我们还可以从第一一〇首（“……让自己穿上了花衣供人们赏玩”）和第一一一首（罪恶女神“让我干有害事业”）中得到印证。

由此可见，诗人在一些诗中指斥“恶徒”（第六七首）、“暴君”(第一〇七首）、“聪明世界”（第七一首）、“恶意的世界”（第一四〇首）以及有些人的“过失，阴谋，罪恶，和杀机，/……野蛮，狂暴，残忍，没信用”（第一二九首）等等，都不是无的放矢。这些字眼都有具体的、深广的社会内容。如果用一个字来代表所有这些字眼的话，那么这个字就是“恶”（“恶”的原文是ill，evil。有时译者把crime，wrong等也译成“恶”）。第六六首中有一行总结性的诗：

见到善被俘去给罪恶将军当侍卫

① 见弗朗西斯·培根著《英王亨利七世朝代史》。

这里的“罪恶将军”就是对“草包”“暴徒”“不义”“瘸腿的权贵”、统制文化的“当局”、控制聪明的“愚蠢”等（均见第六六首）的概括。这里，同“善”相对立的概念“恶”，是指积极意义上的“损人”，加上前面提到的消极意义上的“利己”（例如独身主义）——这两者往往是联系着的——，我们就可以看到莎士比亚所说的“恶”的概貌了。

只有认识了什么是恶，才能更好地了解什么是善。愈是深刻地认识到“恶”的本质，就会愈加感到“善”的可贵；只有在同“恶”的斗争中，“善”才能发展壮大。“恶的好处啊！……/善，的确能因恶而变得更善。”（第一一九首）这两行诗正好表达了这个辩证的思想。从这里我们可以看到，莎士比亚所主张的善，除了指不自私外，还指反对社会上一切罪恶的正义行为。

“善”在同“恶”的斗争中发展起来，同样，“真”和“美”也在同“假”和“丑”的斗争中发展起来。只有认识了这一点，才能理解莎士比亚所主张的真善美的全部意义。

在上面所作的只是一些贫乏的——并且一定会有错误的——铺叙，这些铺叙远远不能说明莎士比亚十四行诗全部深刻的思想内容。

2011年12月

目 录 Contents

十四行诗

一

我们要美丽的生命不断蕃息，
能这样，美的玫瑰才永不消亡，
既然成熟的东西都不免要谢世，
娇嫩的子孙就应当来承继芬芳：
但是你跟你明亮的眼睛结了亲，
把自身当柴烧，烧出了眼睛的光彩，
这就在丰收的地方造成了饥馑，
你是跟自己作对，教自己受害。
如今你是世界上鲜艳的珍品，
只有你能够替灿烂的春天开路，
你却在自己的花蕾里埋葬了自身，
温柔的怪物呵，用吝啬浪费了全部。
　　可怜这世界吧，世界应得的东西
　　别让你和坟墓吞吃到一无所遗！

译解

据传统的解释，莎士比亚十四行诗第一至一二六首，是献给一青年男子的；第一二七至一五二首是献给一黑肤女郎的。但我们可以怀疑这种解释。“译解”里用“爱友”一词即意味着不一定指男性，可以指朋友（男性），也可以指爱人（女性）。“爱友”也不一定限于指某一固定的人。在有些篇章里，假定对方为男性比较讲得通，如开头的若干首，特别是第三、第二〇首以及第四〇至四二首等。这首诗里诗人对爱友说：“美的东西老了都要死，须得子孙来承继那美。但你跟自己的美（‘明亮的眼睛’）订了婚，也就是说，你只靠自己，只欣赏自己的美，来维持自己的美，而不靠别人，不同别人结婚，不让子孙来承继美，这，固然维持了你的美，同时却与自己为敌，因为你不跟别人合作，你的美将不能留传后世。你名为吝啬，实则浪费；好像温柔，其实顽固。请你为世界设想，结婚吧，这样，你的美就能由子孙来传给世界。否则，你就等于毁灭了世界应得的东西，因为你的美是世界（人类）应当继承的东西呀！”

二

四十个冬天将围攻你的额角，
将在你美的田地里挖浅沟深渠，
你青春的锦袍，如今教多少人倾倒，
将变成一堆破烂，值一片空虚。
那时候有人会问："你的美质——
你少壮时代的宝贝，如今在何方？"
回答是：在你那双深陷的眼睛里，
只有贪欲的耻辱，浪费的赞赏。
要是你回答说："我这美丽的小孩
将会完成我，我老了可以交账——"
从而让后代把美继承下来，
那你就活用了美，该大受赞扬！
　　你老了，你的美应当恢复青春，
　　你的血一度冷了，该再度沸腾。

译解

诗人对他的爱友说："当你老了，如果你能看见自己的青春转移到了你的孩子身上，你将重新感到年轻。”——第一行中的“四十个冬天”即四十岁年纪，其实不能算老，但是在莎士比亚时代，人们衰老得较早。莎士比亚本人十八岁结婚，四十岁以后就退休，五十二岁逝世。四十这个年龄，对青年人已足够引起警惕。一说莎士比亚用的“四十”这个数字不是定数，只是多的意思。第七行“深陷”，因对方那时已算年老。

三

照照镜子去，把脸儿看个清楚，
是时候了，这脸儿该找个替身；
如果你现在不给它修造新居，
你就是欺世，不让人家做母亲。
有那么美的女人吗，她那还没人
耕过的处女地会拒绝你来耕耘？
有那么笨的汉子吗，他愿意做个坟
来埋葬对自己的爱，不要子孙？
你是你母亲的镜子，她在你身上
唤回了自己可爱的青春四月天：
那么不管皱纹，通过你老年的窗，
你也将看到你现在的黄金流年。
　　要是你活着，不愿意被人记牢，
　　就独个儿死吧，教美影与你同凋。

译解

诗人对他的爱友说：“你不结婚，等于是在剥夺某一个女子做母亲的权利。你是你母亲的镜子，她在这镜子里看到了她昔日的青春；同样，如果你有孩子的话，那么你到了老年，你的孩子将成为你的窗子（镜子），通过它，你将看到你自己的青春年华（黄金时代）。那么，别独自死吧，结婚吧，教你的美影在你儿子身上留下来，除非你不愿被人记住。”——第七行：他不爱别人，只爱自己，因此只有对自己的爱；他本人总要死亡，因此他就是埋葬自爱的坟墓，这使他没有子孙。

四

不懂节俭的可人呵，你凭什么
在自己身上浪费传家宝——美丽？
造化不送人颜色，却借人颜色，
总是借给慷慨的人们，不吝惜。
美丽的小气鬼，为什么你要这样
糟蹋那托你转交的丰厚馈赠？
无利可图的放债人，为什么你手上
掌握着大量金额，却还是活不成？
你这样一个人跟你自己做买卖，
完全是自己敲诈美好的自己。
造化总要召唤你回去的，到头来，
你怎能留下清账，教世人满意？
　　美，没有用过的，得陪你进坟墓，
　　用了的，会活着来执行你的遗嘱。

译解

主题同前。原诗中用了很多法律上的名词来说明独身主义的不经济。诗人对他的爱友说："你为什么不要儿子来继承你的美呢？那美本是你从你双亲那儿得来的遗产，但你不生儿子，不能把这份遗产——传家宝——再传给你的儿子，那就是你独自把它浪费了！大自然（造化）把美给人，是必须那人也把美传给别人的。你收藏了大量的美，又不肯传给别人，而结果不免一死，等于是跟自己做买卖，自己骗自己罢了。大自然请你归天时，你想留下清账吗？但如果你有儿子，他就可以执行你的遗嘱——传留你的美了。"——第八行：所谓"活不成"指放高利贷的人收不到利钱就生活不下去，也就是说，美丽的人不把美传给后代，他终将被人忘却。

五

一刻刻时辰，先用温柔的工程
造成了凝盼的美目，教众人注目，
过后，会对这同一慧眼施暴政，
使美的不再美，只让它一度杰出；
永不歇脚的时间把夏天带到了
可怕的冬天，就随手把他倾覆；
青枝绿叶在冰霜下萎黄枯槁了，
美披上白雪，到处是一片荒芜：
那么，要是没留下夏天的花精——
那关在玻璃墙中的液体囚人，
美的果实就得连同美一齐扔，
没有美，也不能纪念美的灵魂。
　　花儿提炼香精，那就到冬天，
　　也不过丢外表；本质可还是新鲜。

译解

同一主题，重心放到时间的永不复返与毁灭一切的力量这一观念上来。时间只使美的东西美一次，美过了，时间便反过来把他摧毁。青春之夏过后，就是衰老的冬。所以我们必须把开在夏天芬芳的花提炼出香精（香水），使得冬季虽然没有花，也有芬芳。花的香比作人的美，提香精指生儿女。——第十行“液体囚人”指玻璃瓶中的玫瑰香水。第十一行“美的果实”指预计应有的儿子。

六

你还没提炼出香精，那你就别让
严冬的粗手来抹掉你脸上的盛夏。
你教玉瓶生香吧；用美的宝藏
使福地生光吧，趁它还没有自杀。
取这种重利并不是犯禁放高利贷，
它能够教愿意还债的人们高兴，
这正是要你生出另一个你来，
或高兴十倍，要是你一人生十人；
你十个儿女描画你十幅肖像，
你就要比你独个儿添十倍欢乐：
你将来去世时，死神能把你怎样，
既然在后代身上你永远存活？
　　别刚愎自用，你太美丽了，不应该
　　让死神掳去、教蛆虫做你的后代。

译解

同一主题。——第三行“教玉瓶生香”指上一首所提及的提炼“香精”

的比喻，因为香水须置瓶中。第三、四行：“美的宝藏”指子孙；“使福地生光”意谓让子孙即美之继承者使其所在地因美而光彩。第十行：“添十倍欢乐”实际上是对这个世界来讲。第十四行“教蛆虫做你的后代”指在坟墓中朽腐，为蛆虫所食。

七

看呵，普照万物的太阳在东方
抬起了火红的头颅，人间的眼睛
就都来膜拜他这初升的景象，
注视着他，向他的圣驾致敬；
正像强壮的小伙子，青春年少，
他又爬上了峻峭的天体的山峰，
世人的目光依然爱慕他美貌，
侍奉着他在他那金色的旅途中；
但是不久他疲倦地乘着车子
从白天的峰顶跌下，像已经衰老，
原先忠诚的人眼就不再去注视
他怎样衰亡而改换了观看的目标：
　　你如今好比是丽日当空放光彩，
　　将来要跟他一样——除非有后代。

译解

同一主题，新的比喻是太阳的运行。“你像太阳。太阳初升时，大家观

看它的庄严的景象；到了中午，它还是美丽的，人家还观看它；但最后它沉沦下去了，人们也就不再看它而去看别的东西了。你如今正如太阳到了中午，正是全盛时期，大家注意你的美，但你将来死的时候，也要像太阳一样，没有人来注意的。不过，假使你有了儿子呢，你的美就移植到了他身上，人们看他就等于看你了。”（其实太阳在正午时因光芒太强，人眼是不能直视的；落山时的太阳倒常常引人注视。）——第五行：此行原文意谓：“正像强壮的青年，在他的中年……”似有矛盾，其实如以四十岁为老年（见第二首），则中年乃二十左右而已。第十三、十四行按原意似应译成这样：同样，等你度过了全盛时代，到老死，也没人来观看——除非你有小孩。

八

你是音乐，为什么悲哀地听音乐？
甜蜜不忌甜蜜，欢笑爱欢笑。
为什么你不愉快地接受喜悦？
要不然，你就高兴地接受苦恼？
假如几种入调的声音合起来
成了真和谐，教你听了不乐，
那它只是美妙地责备你不该
守独身而把你应守的本分推脱。
听一根弦儿，另一根的好丈夫，听，
一根拨响了一根应，琴音谐和；
正如父亲、儿子和快乐的母亲，
合成一体，唱一支动听的歌：
　　他们那没词儿的歌，都异口同声，
　　对你唱："你独身，将要一事无成。"

译解

同一主题，新的比喻是音乐。诗人劝他的爱友结婚，以为婚后的家庭生活将如音乐之和谐。音乐之魅力非孤弦所能完成。——第一行：你说话或歌唱，嗓子像音乐般悦耳，所以“你是音乐”。第一至八行大意谓：你听音乐时是悲哀的，虽然你喜爱音乐；你所爱的东西使你悲哀，你爱着使你苦恼的东西，不是有些不协调吗？也许是，暗示着一家和谐的音乐在责备你守独身呢。第八行：“本分”，乐师在合奏时的职分，或一面琴上许多根弦中一根弦的职分。第九、十行：经过调音而音之高低度相同的两根弦，击其一，另一随之振动，即共鸣现象。

九

是为了怕教寡妇的眼睛哭湿，
你才在独身生活中消耗你自己？
啊！假如你不留下子孙就去世，
世界将为你哭泣，像丧偶的妻：
世界将做你的未亡人，哭不完，
说你没有把自己的形影留下来，
而一切个人的寡妇却只要看见
孩子的眼睛就记住亡夫的神态。
看，浪子在世间挥霍的财产
只换了位置，仍能为世人享用；
而美的消费在世间可总有个完，
守着不用，就毁在本人的手中。
　　对自己会做这么可耻的谋害，
　　这种心胸不可能对别人有爱。

译解

他怕自己一死会使他的寡妇哭泣并破坏了（上首所提到的）和谐吗？但他

得考虑，独身主义，对世界是一个更大的损失。——第七行：“个人的寡妇”即普通寡妇，与“世界”这个寡妇相对而言。第九行“浪子”指结婚者，“财产”指青春。第十行“换了位置”指青春变为儿子。第十一行“消费”乃不肯将“美”传给儿女而让它自灭之意。最后两行是对独身者的讽刺——诗人劝朋友结婚的激将法。

一〇

羞呀，你甭说你还爱着什么人，
既然你对自己只打算坐吃山空。
好吧，就算你见爱于很多很多人，
说你不爱任何人却地道天公；
因为你心中有这种谋杀的恨毒，
竟忙着要对你自己图谋不轨，
渴求着要去摧毁那美丽的房屋，
照理，你应该希望修好它才对。
你改变想法吧，好教我改变观点！
毒恨的居室可以比柔爱的更美？
你应该像外貌一样，内心也和善，
至少也得对自己多点儿慈悲；
　　你爱我，就该去做另一个自身，
　　使美在你或你后代身上永存。

译解

同一主题。诗人还是不承认他的爱友会爱别人，既然他不替别人着想。——第七行“美丽的房屋”指他爱友本人。第九行：放弃你不结婚的主意，我就好不再认为你憎恨人世。第十四行：美就可以继续存在下去，当你年轻的时候，存在在你身上，之后就存在在你的孩子们身上。

一一

你衰败得迅捷，但你将同样迅捷——
在你出生的孩子身上生长；
你趁年轻时灌注的新鲜血液，
依然是属于你的，不怕你衰亡。
这里存在着智慧，美，繁滋；
否则是愚笨，衰老，寒冷的腐朽：
如果大家不这样，时代会停止，
把世界结束也只消六十个年头。
有些东西，造化不准备保留，
尽可以丑陋粗糙，没果实就死掉。
谁得天独厚，她让你更胜一筹；
你就该抚育那恩赐，把它保存好，
　　造化刻你作她的图章，只希望
　　你多留印鉴，也不让原印消亡。

译解

父亲到了衰年，儿子就已成长，父亲的好处也借以保存；此中含有智慧，否则愚笨使人腐朽。假使大家都愚笨腐朽，世界即濒末日。对于丑陋的人，愚笨是允许的；但天赋美丽的人，受了大自然（造化）的恩赐或礼物，就等于欠她一笔债，不能随便赖掉。——第十一行中的“她”指造化；此行意谓：天赋最美者也就是从造化得到了最多的恩赐的；但是，造化给予你（诗人的爱友）的，比给予那天赋最美者的还要多一些。第十四行“印鉴”指在纸上盖下的章，比喻子孙；“原印”指印鉴之由来的“图章”，即“你本人”。

一二

我，计算着时钟算出的时辰，
看到阴黑夜吞掉伟丽的白日；
看到紫罗兰失去了鲜艳的青春，
貂黑的鬈发都成了雪白的银丝；
看到昔日用繁枝密叶为牧人
遮荫的高树只剩了一根秃柱子，
夏季的绿秧都扎作一捆捆收成，
载在柩车上，带着穗头像白胡子——
于是，我开始考虑到你的美丽，
想你也必定要走进时间的荒夜，
芬芳的娇妍总是要放弃自己，
见别人生长，自己却快快凋谢，
　　没人敌得过时间的镰刀啊，除非
　　生儿女，你身后留子孙跟他作对。

译解

诗人再度宣述时间的毁灭一切的力量，但是又说子孙能克服时间。——第八行："白胡子"指穗头。第十四行中的"他"指时间。

一三

但愿你是你自己呵！可是，我爱，
你如今活着，将来会不再是自己：
你该准备去对抗末日的到来，
把你可爱的形体让别人来承继。
这样，你那租借得来的美影，
就能够克服时间，永远不到期：
你死后可以重新成为你自身，
只要你儿子保有你美丽的形体。
谁会让这么美好的屋子垮下去，
不用勤勉和节俭来给以支柱，
来帮他对抗冬天的狂风暴雨，
对抗死神的毁灭一切的冷酷？
　　只有败家子才会这样呵——你明白：
　　你有父亲，你儿子也该有啊，我爱！

译解

诗人在这首诗中首次称对方为“爱”或“爱人”。英语中love这个词作为

具体名词时一般指爱人（女性），但用以称呼极亲密的友人（男性），亦无不可。诗人说："你本人只能活一次。如果没有儿子来继承你的美丽，你死了，你的美也就死了。何不结婚，使你的儿子继承你的美丽呢？你本人也是你父亲的儿子，让另一个人做你的儿子吧。"——第九行中的"屋子"，即第一〇首第七行中的"房屋"。

一四

我的判断并不是来自星象中，
不过我想我自有占星的学说，
可是我不用它来卜命运的吉凶，
卜疫疠、灾荒或者季候的性格；
我也不会给一刻刻时光掐算，
因为我没有从天上得到过启示，
指不出每分钟前途的风云雷电，
道不出帝王将相的时运趋势：
但是我从你眼睛里引出知识，
从这不变的恒星中得到学问，
说是美与真能够共同繁滋，
只要你能够转入永久的仓廪；
　　如若不然，我能够这样预言你：
　　你的末日，就是真与美的死期。

译解

诗人懂得占星术，但不能预言别人的命运。诗人的爱友的眼睛就是星辰，诗人只能从这种星辰中看出：他爱友如不留下子孙，他的美即将同他共亡。——第九、十行“知识”“学问”：中世纪学校中教所谓“四学”即算术、几何、音乐与天文，及“三学”即文法、伦理与修辞；天文学即星学，在当时为一种进步的科学。

一五

我这样考虑着：世间的一切生物
只能够繁茂一个极短的时期，
而这座大舞台上的全部演出
没有不受到星象的默化潜移；
我看见：人类像植物一样增多，
一样被头上的天空所鼓舞，所叱责，
在青春朝气中雀跃，过极峰而下坡，
坚持他们勇敢的品格到湮没——
于是，无常的世界就发出奇想，
使你青春焕发地站在我眼前，
挥霍的时间却串通腐朽来逞强，
要变你青春的白天为晦暗的夜晚，
　　为了爱你，我要跟时间决斗，
　　把你接上比青春更永久的枝头。

译解

部分新的主题出现了。诗人对他的爱友说：“因为时间在不停地向前走去，永远不会回来，所以我必须把你的美记录在诗中，那将比你本人更为永久。”——第三行：“大舞台”指人间世界。第六行：对人的命运来讲，天空中有星象，能施加影响；对植物的生长来说，气候来自天上，亦能施加影响；故“一样被头上的天空……”云云。最后一行如直译应为：“当时间从你身上取去什么东西（青春）的时候，我就把你接枝般接上（比青春）更新的枝梗（即歌颂你的诗）上去。”

一六

但是为什么你不用更强的方式
来向那血腥的暴君——时间作斗争？
为什么你不用一种比我这枯诗
更好的方法来加强将老的自身？
现在你站在欢乐时辰的峰顶上；
许多没栽过花儿的处女园地
诚意地想要把你的活花培养，
教花儿比你的画像更加像你；
这样，生命线必将使生命复燃，
而当代的画笔或我幼稚的笔枝，
不论画外表的美或内心的善，
都没法使你本身在人眼中不死。
　　自我放弃是永远的自我保留；
　　你必须靠你自己的妙技求长寿。

译解

诗人能够使他的爱友的美在诗句中永生，但是他爱友本人能比诗人的“枯

诗”（这里的“枯”原文是有不能生孩子之意）做更多的事，因为他可以生孩子——“活花”，那将比他的画像更像他；而当代的大手笔（大画家）所作的“画像”和诗人的幼稚的笔所写的“枯诗”都不能使他本人永生。——第八行“你的画像”按原文直译应为“你的被描绘的赝品”。第九行“生命线”（lines of life），有的论者谓，指活生生的肖像画（线条），即孩子；有的论者谓，是家族系统，指后裔；有的说是额上的皱纹，指老年；有的说是指诗人的诗行，或手相术。看来第一说较可取。第十四行“妙技”指结婚生孩子。

一七

将来，谁会相信我诗中的话来着，
假如其中写满了你至高的美德?
可是，天知道，我的诗是坟呵，它埋着
你的一生，显不出你一半的本色。
如果我能够写出你明眸的流光，
用清新的诗章勾出你全部的仪容，
将来的人们就要说，这诗人在扯谎，
上天的笔触触不到凡人的面孔。
于是，我那些古旧得发黄的稿纸，
会被人看轻，被当作嚼舌的老人；
你应得的赞扬被称作诗人的狂思，
称作一篇过甚其辞的古韵文：
　　但如果你有个孩子能活到那时期，
　　你就双重地活在——他身上，我诗里。

译解

诗虽永久，但不足以表达他那好比是“上天的笔触”所点化的美，所以万全之策是：他结婚生孩子，诗人写诗，两件事同来。诗人如实地描绘爱友的美，将来的读者竟然会不相信诗人的话，认为诗人是在扯谎。这从另一个角度说明爱友的美是非凡的，无与伦比的。

一八

我能否把你比作夏季的一天?
你可是更加可爱，更加温婉:
狂风会吹落五月的娇花嫩瓣，
夏季出租的日期又未免太短暂:
有时候苍天的巨眼照得太灼热，
他那金光闪耀的圣颜也会被遮暗;
每一样美呀，总会失去美而凋落，
被时机或者自然的代谢所摧残;
但是你永久的夏天决不会凋枯，
你永远不会失去你美的仪态;
死神夸不着你在他影子里踯躅，
你将在不朽的诗中与时间同在;
　　只要人类在呼吸，眼睛看得见，
　　我这诗就活着，使你的生命绵延。

译解

诗人企图用诗来使他所爱的人的“上天的笔触”的美永生。诗人用来比对方的美的每一个比喻，如“夏季的一天”“花”“天的巨眼（太阳），都有缺点，但诗人能使他爱友的美在诗的表现中克服时间。——第六行“他”指太阳。第七行中的两个“美”，前者指具有美的人或事物，后者指美貌或美的形态等。这首诗优美，清新，鲜明，美丽，于悠扬悦耳的音乐中呈现深刻的哲思。诗的主旨在前后四行，诗人指出，人的美质只有反映在人们的创作（美术，文学——诗）中，才能成为不朽。人的后裔和人的创作是战胜时间的两支伟大力量。这正是体现在莎士比亚诗中的典型的人文主义思想。

一九

饕餮的时间呵，磨钝雄狮的利爪吧，
你教土地把自己的爱子吞掉吧；
你从猛虎嘴巴里拔下尖牙吧，
教长命凤凰在自己的血中燃烧吧；
你飞着把季节弄得时悲时喜吧，
飞毛腿时间呵，你把这广大的世间
和一切可爱的东西，任意处理吧；
但是我禁止你一桩最凶的罪愆：
你别一刀刀镌刻我爱人的美额；
别用亘古的画笔在那儿画条纹；
允许他在你的旅程中不染杂色，
给人类后代留一个美的准绳。
　　但是，时光老头子，不怕你狠毒：
　　我爱人会在我诗中把青春永驻。

译解

这首诗是诗人对“时间”说的话。诗人对“时间”说：“你尽管残酷地对付一切吧，但不准使我爱人的美凋谢。不过，即使你毁灭了他的美，他的美仍然会在我诗中永存着！”——第二行：土地的“爱子”指地上生长的美丽的生物。第十一行“不染杂色”意思是不受伤害。

二〇

你有女性的脸儿——造化的亲笔画，
你，我所热爱的情郎兼情女；
你有女性的好心肠，却不会变化——
像时下轻浮的女人般变来变去；
你的眼睛比女儿眼明亮，诚实，
把一切看到的东西镀上了黄金，
你风姿特具，掌握了一切风姿，
迷住了男儿眼，同时震撼了女儿魂。
造化本来要把你造成个姑娘；
不想在造你的中途发了昏，老糊涂，
拿一样东西胡乱地加在你身上，
倒霉，这东西对我一点儿没用处。
　　既然她造了你来取悦女人，那也好，
　　给我爱，给女人爱的功能当宝！

译解

诗人在这里描写了作为“美的准绳”（见第一九首第十二行）的他的爱

友，说他（男性）美如好女，但无女人的坏处，所以成了诗人的“情郎兼情女”。——第二行亦可解作：你——左右着我的男主人兼女主人；此行中的“热爱”原文亦作“情诗”解，故第二行亦可译作“你，我的情诗中的情郎兼情女”。第七行“风姿”原文有肤色、仪态二重意义。第九行至第十四行中之所言，颇不雅，盖当时文风如此。又，这首十四行诗有人认为不是出于莎士比亚的手笔。

二一

我跟那位诗人可完全不同，
他一见脂粉美人就要歌吟；
说这美人的装饰品竟是苍穹，
铺设种种美来描绘他的美人；
并且做着各种夸张的对比，
比之为太阳，月亮，海陆的珍宝，
比之为四月的鲜花，以及被大气
用来镶天球的边儿的一切奇妙。
我呵，忠于爱，也得忠实地写述，
请相信，我的爱人跟无论哪位
母亲的孩子一样美，尽管不如
凝在天上的金烛台那样光辉：
　　人们尽可以把那类空话说个够，
　　我这又不是叫卖，何必夸海口。

译解

当时的时髦女人以涂脂抹粉为美，某一诗人写诗赞美之，以为脂粉美人把种种的美罗列在一身，并比之为日月等等。但莎士比亚所爱的人呢，以天然美胜，正如任何母亲的儿子一样美，虽然不如天上星辰般灿烂。莎士比亚在这里不仅反对了虚假的“美”，而且反对了文学上的浮夸作风。——第十二行：“金烛台”指星辰。

二二

只要你还保持着你的青春，
镜子就无法使我相信我老；
我要在你的脸上见到了皱纹，
才相信我的死期即将来到。
因为那裹着你一身的全部美丽
只是我胸中这颗心合适的衣裳，
我俩的心儿都交换在对方的胸膛里，
那么，我怎么还能够比你年长？
所以，我爱呵，你得当心你自身，
像我当心我（为你，不为我）那样；
我将小心地在胸中守着你的心，
像乳娘情深，守护着婴儿无恙。
　　我的心一死，你的心就失去依据；
　　你把心给了我，不能再收它回去。

译解

诗人在镜子里见到了自己的老年的象征，但是不相信自己已经年老，因为他爱友的青春还保存着，而他们曾经把心交换过，所以他爱友的青春，也就是诗人的青春。诗人教他爱友当心自己，因为一个人死了，另一个人也是活不了的。——第八行“年长”，年老。第九、十行：你得当心你的身体，因为我的心在你的身体内，因此我的生命在你的掌握中；正如我当心我的身体也就是当心你，因为，同样，你的心在我的身体中，你的生命也在我的掌握中啊！

二三

像没有经验的演员初次登台，
慌里慌张，忘了该怎样来表演，
又像猛兽，狂暴地吼叫起来，
过分的威力反而使雄心发软；
我，也因为缺乏自信而惶恐，
竟忘了说出爱的完整的辞令，
强烈的爱又把我压得太重，
使我的爱力仿佛失去了热情。
啊，但愿我无声的诗卷能够
滔滔不绝地说出我满腔的语言，
来为爱辩护，并且期待报酬，
比那能言的舌头更为雄辩。
　　学会读缄默的爱所写下的诗啊，
　　用眼睛来听，方是爱的睿智啊！

译解

诗人对他爱友说："我初见你时，我对你的爱太强烈了，反而哑口无言，我只得用诗篇来表白我的心了。”——第一行提及“演员”，暗示了莎士比亚当时的优伶生涯。第五、六行涉及第一、二行的比喻；第七、八行涉及第三、四行的比喻。第五行“缺乏自信”云者，像初次登台的演员般慌张（第一、二行）的意思。第十四行“用眼睛来听”云者，因为诗人用文字代替舌头来说了话，所以他要求他爱友用眼睛代替耳朵，来听他的话。

二四

我的眼睛扮演了画师，把你
美丽的形象刻画在我的心板上；
围在四周的画框是我的躯体，
也是透视法，高明画师的专长。
你必须透过画师去看他的绝技，
找你的真像被画在什么地方，
那画像永远挂在我胸膛的店里，
店就有你的眼睛做两扇明窗。
看眼睛跟眼睛相帮了多大的忙：
我的眼睛画下了你的形体，
你的眼睛给我的胸膛开了窗，
太阳也爱探头到窗口来看你；
　　我眼睛还缺乏画骨传神的本领，
　　只会见什么画什么，不了解心灵。

译解

爱友的美已经被诗人深深地刻在自己的心灵上了。——第四行“透视法”

原是绘画艺术的基本技巧，这里有能够透过东西而看进去的意思。第五行“透过画师”或作“通过画师的眼”解，但如作“通过画师的胸”解，则更与第八行相呼应。第七行“胸膛的店”：这首诗的第一个四行组中，诗人的眼睛是画笔（扮演了画师），心是画布（画板），身体是画框，画的是爱友的肖像；到了第二、第三个四行组中，比喻变了：作为诗人身体之一部分的胸膛成为一座店，爱友的肖像画则挂在这店里，而爱友的眼睛（不应理解为肖像画上的）成了这座店的窗子。第十二行“你”指肖像画。第十三、十四行：参阅第九二首第十三、十四行。

二五

那些被天上星辰祝福的人们
尽可以凭借荣誉与高衔而自负，
我呢，本来命定没这种幸运，
不料得到了我引为光荣的幸福。
帝王的宠臣把美丽的花瓣大张，
但是，正如太阳眼前的向日葵，
人家一皱眉，他们的荣幸全灭亡，
他们的威风同本人全化作尘灰。
辛苦的将士，素以骁勇称著，
打了千百次胜仗，一旦败绩，
就立刻被人逐出荣誉的纪录簿，
他过去的功劳也被人统统忘记：
　　我就幸福了，爱着人又为人所爱，
　　这样，我固定了，也没人能改。

译解

“星辰的神力给许多人以荣誉，但我却于无意中得到了我最引为光荣的幸福了。得宠于君王者，如向日葵，顷刻间（太阳只要皱一眉头）就失去精神；常胜的将军，一败北，即被忘却。我却爱着你也被你爱着，在这一点上，我是安全的。”——第六行：“向日葵”原文是金盏草花，据说它日出而开，日落即合；有论者认为原文这个字眼也可作向日葵解。

二六

我所爱的主呵，你的高尚的道德
使我这臣属的忠诚与你紧系，
我向你派遣这位手书的使者，
来证实我忠诚，不是来炫耀才力。
忠诚这么大，可我的才力不中用——
没词语来表达，使忠诚显得贫乏；
但是，我希望在你深思的灵魂中，
有坦率可亲的好念头会来收藏它：
要等到那一颗引导我生命的星宿
和颜悦色地给我指出了好运气，
并给我褴褛的爱心穿上了锦裘，
以表示我配承受你关注的美意：
　　到那时，我才敢夸说我爱你多深，
　　才愿显示我能给你考验的灵魂。

译解

诗人把诗送给爱友，希望对方读它，修改它，收藏它，以等待命运之星宿给它出版的机会。——第五至八行：“我对你非常忠诚（爱），只是我的才华太小了，这些诗写得不好，不能表达我的忠诚，因此我的忠诚看来也很差了。但是我希望你不要因我的诗写得不好而拒绝我的忠诚，我希望你灵魂深处的好思想会接受并贮藏我的忠诚（爱）。”第八行：“它”指“忠诚”。第九行星宿之说仍从占星学来，请参照第一四首。第十一行“给我褴褛的爱心穿上了锦裘”指印刷与装帧诗人的诗作。

二七

劳动使我疲倦了，我急忙上床，
来好好安歇我旅途劳顿的四肢，
但是，脑子的旅行又随即开场，
劳力刚刚完毕，劳心又开始；
这时候，我的思念就不辞遥远，
从我这儿热情地飞到你身畔，
又使我睁开着沉重欲垂的眼帘，
凝视着盲人也能见到的黑暗：
终于，我的心灵使你的幻象
鲜明地映上我眼前的一片乌青，
好像宝石在可怕的夜空放光，
黑夜的古旧面貌也焕然一新。
　　看，我白天劳力，夜里劳心，
　　为你，为我自己，我不得安宁。

译解

这时，诗人可能在别处旅行，论者或猜测莎士比亚当时正在旅行演剧。

当他上床安息时，他的思念又旅行到他爱友身边去了，这使他终夜不眠。——最后一行："为你"指"夜里劳心"，思念爱友；"为我自己"指"白天劳力"，诗人自己辛劳在旅途中。又，此行原文中有两个for可作不同的理解，按一位注释家的意见，此行亦可译为：为了你呀，我自己找不到安宁。

二八

既然我休息的福份已被剥夺，
我又怎能在快乐的心情中归来？
既然夜里我挣不脱白天的压迫，
只是在日日夜夜的循环中遭灾？
日和夜，虽然统治着敌对的地盘，
却互相握手，联合着把我虐待，
白天叫我劳苦，黑夜叫我抱怨
我劳苦在远方，要跟你愈分愈开。
我就讨好白天，说你辉煌灿烂，
不怕乌云浓，你能把白天照亮：
也恭维黑夜，说如果星星暗淡，
你能把黑夜镀成一片金黄。
　　但白天天天延长着我的苦痛，
　　黑夜夜夜使我的悲哀加重。

译解

很明显，诗人的爱友曾希望诗人的旅行能带给诗人以幸福，但，当劳苦、孤独、失眠、焦虑联合了来压迫他时，他又何能幸福？他对白天和夜晚说好话，都无效。白天，赶路的时候，用延长他与他爱友之间的距离这种方式来使他哀伤；黑夜用不使他与他爱友见面这方式来加重他的已经很沉重的悲哀。这首诗把“日”和“夜”都拟人化了。——第八行：整个一行“我劳苦在远方，要跟你愈分愈开”是第七行末动词“抱怨”的宾语。第九、十、十二行中的“你”均指诗人的爱友。

二九

我一旦失去了幸福，又遭人白眼，
就独自哭泣，怨人家把我抛弃，
白白地用哭喊来麻烦聋耳的苍天，
又看看自己，只痛恨时运不济，
愿自己像人家那样：或前程远大，
或一表人才，或胜友如云广交谊，
想有这人的权威，那人的才华，
于自己平素最得意的，倒最不满意，
但在这几乎是看轻自己的思想里，
我偶尔想到了你啊，——我的心怀
顿时像破晓的云雀从阴郁的大地
冲上了天门，歌唱起赞美诗来；
　　我记着你的厚爱，珍宝，
　　教我不屑把处境跟帝王对调。

译解

正在怨天尤人之际，诗人忽而想到了他所爱的人，他就一切都满足了，像云雀般唱起欢乐之歌来。这是一首歌颂友谊的绝唱，是莎士比亚最脍炙人口的杰作之一。莎士比亚当过演员和剧作家，在那个时代，他的社会地位卑微，其作品不被认为可登大雅之堂，其人格往往受到轻视。这首诗开头八行怨天尤人，该是他的切身感受。这首诗的动人之处从第九行开始，诗人从自怨自艾的低沉抑郁调子中一下子解脱出来，从第十行起，调子急转直上，直达友谊的欢乐的高峰。转折的关键是诗人忽然想起了他的挚友的爱（友谊）。珍贵的友谊可以消除心头的一切愁云惨雾，把人带到幸福的极致。最后一行把友谊提到至高无上的地位，这在世界诗歌中是极为罕见的。

三〇

我把对以往种种事情的回忆
召唤到我这温柔的沉思的公堂，
为没有求得的许多事物叹息，
再度因时间摧毁了好宝贝而哀伤：
于是我久干的眼睛又泪如泉涌，
为的是好友们长眠在死的长夜里，
我重新为爱的早已消去的苦痛
和多少逝去的情景而落泪，叹息。
于是我为过去的悲哀再悲哀，
忧郁地数着一件件痛心的往事，
把多少叹过的叹息计算出来，
像没有偿还的债务，再还一次。
　　但是，我只要一想到你啊，好伙伴，
　　损失就挽回了，悲伤也烟消云散。

译解

诗人记起了许多过去的伤心事，以及许多死去了的可贵的友人；但当他想到了他所爱的人时，一切痛苦都得到补偿了。——第四行，原文“dear time's waste”有不同的理解，一种为“对宝贵时间的浪费”，一种为“时间对宝贵事物的摧残”。译者采用第二种理解。第八行“情景”（sight）原文或作“叹息”（sigh），则此行意谓：重新叹息那已经叹息过的（或消耗人的精神和身体的）多少叹息。

三一

多少颗赤心，我以为已经死灭，
不想它们都珍藏在你的胸口，
你胸中因而就充满爱和爱的一切，
充满我以为埋了的多少好朋友。
对死者追慕的热爱，从我眼睛里
骗出了多少神圣的、哀悼的眼泪，
而那些死者，如今看来，都只是
搬了家罢了，都藏在你的体内！
你是坟，葬了的爱就活在这坟里，
里边挂着我多少亡友的纪念章，
每人都把我对他的一份爱给了你，
多少人应得的爱就全在你身上：
　　我在你身上见到了他们的面影，
　　你（他们全体）得了我整个的爱情。

译解

诗人与爱友分别了，似乎失去了爱友，这又使诗人想到了许多亡友。他感到，许多亡友的心都移植到了他爱友的胸中，于是诗人对一切亡友的爱也就集中在他爱友一人身上，他爱友替代了他们全体。每一个亡友各自把诗人对他的一份爱给了诗人现在的这位爱友，这位爱友把诗人的多少份爱合并（统一）起来，恰恰合成了诗人的整个的爱（即诗人不再分爱别人之意）。——第九、十两行意为：“你是我的死了的友人们的活坟墓，装饰着他们的一切美德、光荣，与留给人们的记忆。”

三二

如果我活够了年岁，让粗鄙的死
把黄土盖上我骨头，而你还健康，
并且，你偶尔又重新翻阅我的诗——
你已故爱友的粗糙潦草的诗行，
请拿你当代更好的诗句来比较；
尽管每一句都胜过我的作品，
保存我的吧，为我的爱，论技巧——
我不如更加幸福的人们高明。
啊，还望你多赐厚爱，这样想：
“如果我朋友的诗才随时代发展，
他的爱一定会产生更好的诗章，
和更有诗才的行列同步向前：
　　但自从他一死、诗人们进步了以来，
　　我读别人的文笔，却读他的爱。”

译解

如果诗人的爱友比诗人活得长久，那么前者可能再读诗人的诗篇，诗人希望他这样想："如果诗人能活得长些，他的诗将写得更好些。"但诗人以为后来的诗人们的文笔的进步，并不足以表达真实的情感；诗之好坏首先在于感情真实与否而不是首先在于技巧的好坏。——第四行"爱友"与第十行"朋友"均指诗人自己。

三三

多少次我看见，在明媚灿烂的早晨，
庄严的太阳用目光抚爱着山岗，
他金光满面，亲吻着片片绿茵，
灰暗的溪水也照得金碧辉煌；
忽然，他让低贱的乌云连同
丑恶的云影驰上他神圣的容颜，
使人世寂寞，看不见他的面孔，
同时他偷偷地西沉，带着污点。
同样，我的太阳在一天清晨
把万丈光芒射到我额角上来；
可是唉！他只属于我片刻光阴，
上空的乌云早把他和我隔开。
　　对于他，我的爱丝毫不因此冷淡，
　　世上的太阳同天上的一样，也会暗。

译解

友谊开始出现了阴霾。诗人把他的爱友比作早晨的太阳，只有一瞬息的灿烂，就被阴云掩没了。但诗人对他的爱，使诗人并不因此而轻视他，因为天上的太阳既然会暗，人间的太阳，自然也不免有瑕疵。——第五行“低贱”同时暗示乌云“低”横在天空。第九行“我的太阳”指诗人所爱的人。第十二行“上空”指“我的太阳”所在的“上空”，其实是指人间，亦即第十四行中的“世上”。第十四行“世上的”即人间的太阳，指诗人所爱的人。

三四

为什么你许给这么明丽的天光，
使我在仆仆的征途上不带外套，
以便让低云把我在中途赶上，
又在霉烟中把你的光芒藏掉？
尽管你再冲破了乌云，把暴风
打在我脸上的雨点晒干也无效，
因为没人会称道这一种只能
医好肉伤而医不好心伤的油膏：
你的羞耻心也难医我的伤心，
哪怕你后悔，我的损失可没少，
害人精尽管悔恨，不大会减轻
被害人心头强烈苦痛的煎熬。
　　但是啊！你的爱洒下的眼泪是珍珠，
　　一串串，赎回了你的所有的坏处。

译解

同上一首的比喻，把“你”比作太阳。诗人责备他的爱友不该把他（诗人）毫无准备地留在风雨里。悔恨也不能挽回损失。但诗人终于悬崖勒马，否则要把他的爱友责备得太厉害了。——第一、二行：“明丽的天光”指对于友谊（爱）的忠诚；“外套”指对于爱友可能负心的警惕心。第十四行：形容珍珠的原文rich一词有“富丽”“贵重”“丰富”“有钱”“多产”等多种含义。译者选择“丰富”“多产”解，意译为“一串串”，以形容诗人的爱友泪如涌泉。如作“贵重”解，则可理解为珍珠值钱，可以用作赎金。

三五

别再为你所干了的事情悲伤：
玫瑰有刺儿，银泉也带有泥浆，
晦食和乌云会玷污太阳和月亮，
可恶的蛀虫也要在娇蕾里生长。
没有人不犯错误，我也犯错误——
我方才用比喻使你的罪过合法，
我为你文过饰非，让自己贪污，
对你的罪恶给予过分的宽大。
我用明智来开脱你的荒唐，
（你的原告做了你的辩护士，）
我对我自己起诉，跟自己打仗；
我的爱和恨就这样内战不止——
　　使得我只好做从犯，从属于那位
　　冷酷地抢劫了我的可爱的小贼。

译解

诗人教他爱友别再由于悔恨自己的过失而悲伤流泪。自然界的一切美物均有瑕疵，任何人都有缺点。诗人说，他自己也犯了错误，因为他用诗中的比喻（即本诗第二、三、四行）替他爱友开脱，等于支持了罪恶。——第三行“晦食和乌云”指暂时性的过失，第四行“蛀虫”指根本性的罪过。第七行“贪污”或系指上一首第十三、十四行中值钱的“珍珠”的贿赂。第十四行“贼”指诗人的爱友。

三六

让我承认，我们俩得做两个人，
尽管我们的爱是一个，分不开：
这样，留在我身上的这些污痕，
不用你帮忙，我可以独自担待。
我们的两个爱只有一个中心，
可是厄运又把我们俩拆散，
这虽然变不了爱的专一，纯真，
却能够偷掉爱的欢悦的时间。
最好我老不承认你我的友情，
我悲叹的罪过就不会使你蒙羞；
你也别给我公开礼遇的荣幸，
除非你从你名字上把荣幸拿走：
　　但是别这样；我这么爱你，我想：
　　你既然是我的，我就有你的名望。

译解

诗人与他爱友的爱此前是如此完整，两个人可以算作是一个人；但，如今，他们虽然相爱如初，二人却显出了区别，这就是两人社会地位之不同，使他们分离了开来，使他们失去了单独交往的欢悦的时光。如果诗人不承认这种爱，或他爱友没有那么高的门第，倒能使他们不至于分离。——第三行“污痕”可能指“失去了幸福，又遭人白眼”（第二九首第一行）。第九行：也许诗人的爱友受到警告，不得与伶人（莎士比亚）为友。第十二行“荣幸”指爱友给予诗人的荣幸；此行意或谓：除非你不以你的名义给我荣幸；因此，事实上，也就不能给我以荣幸了。最后两行与第九六首最后两行完全相同。此两行意或谓：但是，不要这样使你自己蒙羞（通过给我以礼遇，在众目睽睽之下）吧，这是不必要的了，因为我对你爱得这样深，以致我把你的一切都占有了，包括你的声望、你的名誉在内。

三七

正像衰老的父亲，见到下一代
活跃于青春的事业，就兴高采烈，
我虽然受到最大厄运的残害，
却也从你的真与德得到了慰藉；
因为不论美、出身、财富，或智力，
或其中之一，或全部，或还不止，
都已经在你的身上登峰造极，
我就教我的爱接上这宝库的丫枝。
既然我从你的丰盈获得了满足，
又凭着你全部光荣的一份而生活，
那么这想象的影子变成了实物，
我就不残废也不穷，再没人小看我。
　　看种种极致，我希望你能够获得，
　　这希望实现了；所以我十倍地快乐！

译解

诗人的抱负为命运所阻，不能实现；但在他的爱友身上，他见到了那些希

望的实现，于是满足了。他希望他的爱友能在一切方面登峰造极，这希望也已实现，于是他的命运也可以算是好极了。——第八行“宝库”指第五行中所提到的各种特质。第十行：我的爱通过接枝已成为你的许多特质中的一个，而我如果没有了对你的爱，那是活不下去的。

三八

我的缪斯怎么会缺少主题——
既然你呼吸着，你本身是诗的意趣，
倾注到我诗中，是这样精妙美丽，
不配让凡夫俗子的纸笔来宣叙？
如果我诗中有几句值得你看
或者念，啊，你得感谢你自己；
你自己给了人家创作的灵感，
谁是哑巴，不会写好了献给你？
比那被诗匠祈求的九位老缪斯，
你要强十倍，你做第十位缪斯吧；
而召唤你的诗人呢，让他从此
献出超越时间的不朽的好诗吧。
　　苛刻的当代如满意我的小缪斯，
　　辛苦是我的，而你的将是赞美辞。

译解

诗人从他爱友那儿获得了灵感。——缪斯（Muse）是希腊神话中九位掌文艺的女神，诗人们得向缪斯召唤祈求，才能写出好诗来，故西文中“缪斯”这个字又往往指“诗才”“灵感”。第十一行“召唤你的诗人”乃诗人自指。第十三行“小缪斯”指诗人自己的诗才，故谦称“小”，但同时又指作为“第十位缪斯”的他的爱友，虽然排行最小，却比古代的九缪斯要强十倍。

三九

啊，你原是半个我，那较大的半个，
我怎能把你的才德歌颂得有礼貌?
我怎能厚颜地自己称赞自己呢?
我称赞你好，不就是把自己抬高?
就为了这一点，也得让我们分离，
让我们的爱不再有合一的名分，
只有这样分开了，我才能把你
应当独得的赞美给你——一个人。
“隔离”呵，你将要给我多大的苦痛，
要不是你许我用爱的甜蜜的思想
来消磨你那令人难挨的闲空，
让我在思念的光阴中把痛苦遗忘，
　　要不是你教了我怎样变一个为一对，
　　方法是在这儿对留在那儿的他赞美!

译解

诗人与他的爱友既然由相爱而合成了一体，则诗人又如何能赞美他的爱友呢？因为那就等于赞美他自己。所以分离了倒是好的，诗人可以充分赞美他的爱友了。——第二行：自我赞美是不谦逊的，因而是没有礼貌的。第五、六行：在第三六首中，诗人与爱友二人的爱只有一个中心，但他们二人却必须分离，否则爱友会因此受到牵累；在这两行里，诗人找到了一个新的理由来说明二人之必须分离：诗人赞美陌生人比之于赞美爱友（诗人自己），趣味较高。从第九行起到结尾止，诗人在对拟人化的“隔离”（照原文直译应作“不在”，即诗人的爱友不在诗人身旁之意）说话，第九、十、十一、十三行中之“你”指“隔离”，第十四行“他”指诗人的爱友。从第九行起到结尾止之大意谓：诗人与他的爱友隔离时，诗人可以思念他的爱友，还可以赞美他的爱友而使爱友一个人变成一对即两个人（一个是实际上不在身旁的爱友，一个是出现在诗人想念中的爱友），这样消磨时间；假如不能这样，那“隔离”对诗人真是很大的痛苦。

四〇

把我对别人的爱全拿去吧，爱人；
你拿了，能比你原先多点儿什么？
你拿不到你唤作真爱的爱的，爱人；
你就不拿，我的也全都是你的。
那么假如你为爱我而接受我的爱，
我不能因为你使用我的爱而怪你，
但仍要怪你，如果你欺骗起自己来，
故意去尝味你自己拒绝的东西。
虽然你把我仅有的一切都抢走了，
我还是饶恕你的，温良的盗贼；
不过，爱懂得，爱的缺德比恨的
公开的损害要使人痛苦多少倍。
　　风流的美呵，你的恶也显得温文，
　　不过，恨杀我，我们也不能做仇人。

译解

当诗人不在他爱友身边时，诗人可能听见人家说，他爱友夺去了他的情人

（女性）。诗人诉说着自己的悲伤，但仍绝不欲以此与他爱友为敌。——第一行：第三一首中有“你胸中……充满我以为埋了的多少好朋友”之句，这里，诗人把未死者也加了进去。第三行意谓：你得不到真正爱着我的人的爱的，因为如果这个人的爱确是我的，那么它早就是你的了。我们原是一个人啊！第五行：原文双关，各家解释甚殊，亦可作如此解：“那么，你如果为了我的缘故而接受了我的爱”，其中“我的爱”指诗人的情人（女性）。按这首诗中有“爱”字的文字游戏，有些地方难以确定它的意义。第六行“使用我的爱”可解作诗人的爱友“借用诗人对那女人的爱”即夺去诗人的情人，也可解作“使用诗人的情人”即爱上了那女人。第七行“欺骗”意谓把自己引入歧途。第八行或指：一意要去与另一个女人作非法的结合，而拒绝正式的结婚；或指：故意抢去我的情人，而这女人你并不真爱。第七、八行中的“（你）自己”可能指诗人自己，因为“你原是半个我”（第三九首）。第十三行“风流的美”是诗人对他爱友的称呼。

四一

有时候你心中没有了我这个人，
就发生风流孽障，放纵的行为，
这些全适合你的美和你的年龄，
因为诱惑还始终跟在你周围。
你温良，就任凭人家把你占有，
你美丽，就任凭人家向你进攻，
哪个女人的儿子会掉头就走，
不理睬女人的求爱，不让她成功？
可是天！你可能不侵犯我的席位，
而责备你的美和你的迷路的青春，
不让它们在放荡中领着你闹是非，
迫使你去破坏双重的信约、誓盟——
　　去毁她的约：你美，就把她骗到手，
　　去毁你的约：你美，就对我不忠厚。

译解

诗人为其爱友找到了托辞。他的美貌、青春和离开诗人以后的无约束生涯，使他受了女人的迷惑。去拒绝一个女人的求爱是困难的；不过，他也许竟能拒绝她，而不至于双重地毁约吧。所谓双重毁约，指他爱上了那女人（诗人的情人），即对诗人负心，毁了他对诗人的约；又指他见爱于那女人，使那女人也对诗人负心，使她也毁了她对诗人的约。——第九行“可能不侵犯我的席位”云者，大概是可能不来夺去诗人的情人之意。第十一行“它们”指第十行中的“美”和“青春”。第十二行“迫使你……”语气是从上面连下来的，并一直贯串到末句，即：“你可能……不让它们……迫使你去破坏双重的信约……去毁她的约……去毁你的约”。

四二

你把她占有了，这不是我全部的悲哀，
不过也可以说我爱她爱得挺热烈，
她把你占有了，才使我痛哭起来，
失去了这爱情，就教我更加悲切。
爱的伤害者，我愿意原谅你们：——
你爱她，正因为你知道我对她有情；
同样，她也是为了我而把我欺凌，
而容许我朋友为了我而跟她亲近。
失去你，这损失是我的情人的获得，
失去她，我的朋友又找到了那损失；
你们互相占有了，我丢了两个，
你们两个都为了我而给我大苦吃：
　　但这儿乐了；我朋友跟我是一体；
　　她也就只爱我了；这好话真甜蜜！

译解

诗人以为失去情人不如失去友人之可悲，但他想原谅他们两人，用一种幻想来自圆其说，以为他们两人之所以相爱，是因为他们两人都爱着诗人之故。但这种幻想又不能使诗人满足；他们两人都各得其所了，诗人却遭受了双重的损失。或者说，诗人与他爱友本是一体，则那女人爱诗人之友人也就等于只爱诗人了，不过，这只是甜蜜的谀词而已。——第十二行照原文字面上的意思应为：“你们两人都为了我而把十字架加在我身上”。十字架是大痛苦的象征。

四三

我的眼睛要闭拢了才看得有力，
因为在白天只看到平凡的景象；
但是我睡了，在梦里它们就看见你，
它们亮而黑，天黑了才能看得亮；
你的幻影能够教黑影都亮起来，
能够对闭着的眼睛放射出光芒，
那么你——幻影的本体，比白天更白，
又怎能在白天展示白皙的形象！
你的，残缺的美影在死寂的夜里
能透过酣睡，射上如盲的两眼，
那么我眼睛要怎样才有福气
能够在活跃的白天把你观看？
　　不见你，个个白天是漆黑的黑夜，
　　梦里见到你，夜夜放白天的光烨！

译解

诗人要到了夜里才能清楚地看见他的爱友。他在白天只能看见许多不足道的、不被注意的东西，都是些过眼烟云；但在夜里，他就可以梦见爱友，或者不眠而看见爱友的影子突现在黑暗中。——第三、四行中的“它们”指第一行中诗人的“眼睛”。第七行“幻影的本体”指爱友本人。第九行“残缺”，因为是指幻影而不是指本人，故曰残缺。

四四

那距离远得害人，我也要出发，
只要我这个笨重的肉体是思想；
这时候顾不得远近了，从海角天涯
我也要赶往你所待着的地方。
那没有关系的，虽然我的脚站在
这块土地上，离开你非常遥远，
敏捷的思想能跃过大陆跟大海，
只要一想到自己能到达的地点。
但是啊！思想在绞杀我：我不是思想——
你去了，我不能飞渡关山来追踪，
反而，我是土和水做成的，这样，
我只得用叹息来伺候无聊的闲空；
　　俩元素这么钝，拿不出任何东西，
　　除了泪如雨，两者的悲哀的标记。

译解

假使诗人的肉体是思想，他就将飞到他爱友身畔去，不论那有多远。但不幸他的肉体并不是思想，反而是土和水所做的，而这两个元素只能给他泪水。——第九行“思想在绞杀我：我不是思想”，意谓：我的肉体不是思想，不能飞……一想到这个我就异常痛苦，这念头好像在绞杀我一样……。第十一行“土和水”，罗马诗人奥维德认为一切物质都是由土、水、风（空气）、火这四大元素构成的，他说：“我认为这无穷的宇宙包含着四种元素，一切事物都由此产生。四者之中，土与水因重浊而下降，另一对即空气与火因轻清而上升，无人能使之下沉。”（见奥维德《变形记》）第十三行“俩元素”指第十一行“土和水”。第十四行“两者”指土与水。

四五

我另外两个元素，轻风和净火，
不论我待在哪里，都跟在你身旁，
这些出席的缺席者，来去得灵活，
风乃是我的思想，火，我的渴望。
只要这两个灵活的元素离开我，
到你那儿去做温柔的爱的使者，
我这四元素的生命，只剩了两个，
就沉向死亡，因为被忧伤所压迫；
两位飞行使者总会从你那儿
飞回来使我生命的结构复元，
甚至现在就回来，回到我这儿，
对我保证，说你没什么，挺康健：
　　我一听就乐了；可是快乐得不久，
　　我派遣他们再去，就马上又哀愁。

译解

上一首中诗人说他自己是土和水所做的，但缺少风（空气）和火。这一首中诗人就说，他的另外两个元素，风和火，是他的思想和渴望，都跟在他爱友身边。这两个元素是轻的，离了他，他就只剩下了两个重的元素，土和水，于是他就要下沉，因忧伤而沉向死亡。但是当两个轻元素回来报告他说他爱友康健时，他就快乐了；不过，他们再去时，他又悲伤。——第一行“净火”指火有涤净之作用；或曰：净乃纯净之净，火就是从被烧之物中提纯出来的东西，剩下来的劣质就是灰烬。第三行“出席的缺席者”指不停地来来去去的风和火。第四行：渴望是热的，所以比之于火。第十一、十二行：或曰：诗人刚刚收到爱友的一封信，信上说他很健康等等。第十三、十四行：诗人因爱友健康而高兴，因想到二人不在一起而悲哀，同时他的思想和渴望都回到爱友那儿。

四六

我的眼睛和心在拼命打仗，
争夺着怎样把你的容貌来分享；
眼睛不让心来观赏你的肖像，
心不让眼睛把它自由地观赏。
心这样辩护说，你早就在心的内部，
那密室，水晶眼可永远窥探不到，
但眼睛这被告不承认心的辩护，
分辩说，眼睛里才有你美丽的容貌。
于是，借住在心中的一群沉思，
受聘做法官，来解决这一场吵架；
这些法官的判决判得切实，
亮眼跟柔心，各得权利如下：
　　我的眼睛享有你外表的仪态，
　　我的心呢，占有你内心的厚爱。

译解

诗人有一张爱友的肖像，诗人的眼睛和心就争吵着谁是它（相片）的主

人：眼睛看得到它，心看不到它，但心可以不让眼睛看；心又说，爱友永远在心中；眼睛说，爱友的美影永远在眼中。于是诗人的思想就来审判——其实是仲裁——说，诗人的眼睛分得爱友的美，诗人的心分得爱友的爱。诗中充满了法律名词，但奇想的经营并没有失去真实的情感。这一首可与第二十四首对照读。——第五行至第八行：假定心和眼睛在法庭上打官司，心是原告，眼睛是被告。第六行“那密室”指心。第八行：暗示瞳孔中反映着注视的对象。

四七

我的眼睛和心缔结了协定，
规定双方轮流着给对方以便利：
一旦眼睛因不见你而饿得不行，
或者心为爱你而在悲叹中窒息，
我眼睛就马上大嚼你的肖像，
并邀请心来分享这彩画的饮宴；
另一回，眼睛又作客到心的座上，
去分享只有心才有的爱的思念：
于是，有了我的爱或你的肖像，
远方的你就始终跟我在一起；
你不能去到我思想不去的地方，
永远是我跟着思想，思想跟着你；
　　思想睡了，你肖像就走进我眼睛，
　　唤醒我的心，叫心跟眼睛都高兴。

译解

上一首中的争吵在这一首中变为互助，互相分享爱友的“美影”。两种方法：诗人用眼睛来观看爱友的肖像，诗人用心来思念爱友。这两种方法交替为用，于是在远方的爱友就等于在诗人身边了。——第四行：意谓叹息来得太快，使心濒乎窒息。第五行：参照第七十五首第九至十四行。第六行“彩画的饮宴”指爱友的肖像。第七、八行：意谓诗人心中对爱友的思念能使后者的形象重现于诗人眼中。第九行：意谓通过心或通过眼睛，也就是通过我的爱思或通过我的想象。

四八

我临走之前，得多么小心地把每件
不值钱的东西都锁进坚固的库房——
让它们得到绝对可靠的保管，
逃过骗诈的手脚，等将来派用场！
但是你——使我的珠宝不值钱的你啊，
我的大安慰，如今，我的大忧虑，
我的最亲人，我的唯一的牵记啊，
给漏了，可能被普通的盗贼掳去。
我没有把你封锁进任何宝库，
除了我心头，你不在，我感到你在，
我用我胸膛把你温柔地围住，
这地方你可以随便来，随便离开；
　　就是在这里，我怕你还会被偷掉，
　　对这种宝物，连忠实也并不可靠。

译解

诗人在旅途中。他说，他在出门前必须把珠宝等物锁入箱内，不让坏人来碰，但诗人漏掉了他的爱友，不能把他的爱友也锁起来，于是坏人就可以来碰他的爱友了。诗人虽说把他的爱友锁在心中，但那不过是诗人的感觉，他的爱友其实并不在他心中。诗人可能听到关于他的爱友的什么消息，于是怀疑别人会夺去他爱友对他的爱。——第二行“不值钱的东西”指珠宝，理由见第五行。第六行：“大忧虑”，因为不在一起。第八行“盗贼”与第四行“骗诈的手脚”相并。第十、十一行意谓：诗人的爱友之在诗人心中，乃诗人之幻觉而已；而且诗人的爱友可以任意进出诗人之心，即诗人的爱友对诗人之爱不受约束。第十四行意谓：对于如此珍贵的朋友，忠诚亦将变为偷盗。可能是，诗人的情妇曾宣誓对诗人的忠贞，但最后她偷走了诗人的朋友。

四九

恐怕那日子终于免不了要来临，
那时候，我见你对我的缺点皱眉，
你的爱已经付出了全部恩情，
种种理由劝告你把总账算回；
那日子要来，那时你陌生地走过去，
不用那太阳——你的眼睛来迎接我，
那时候，爱终于找到了严肃的论据，
可以从原来的地位上一下子变过；
那日子要来，我得先躲在反省里，
凭自知之明，了解自己的功罪，
我于是就这样举手，反对我自己，
站在你那边，辩护你合法的行为：
　　法律允许你把我这可怜人抛去，
　　因为我提不出你必须爱我的根据。

译解

诗人恐怕他爱友将来不再爱他，于是预先准备迎接这不幸的到来，用这种方法：警告自己不配承受他爱友的爱，这样，他爱友将来如有摈弃诗人的行为，也可以算是合法的了。原诗中有一些法律名词。——第十一行“举手”即指证人在法庭上的一种行动。

五〇

在令人困倦的旅途上，我满怀忧郁，
只因每天，我到了路程的终点，
安息时，耳边就涌来一阵细语：
“你离开你朋友，又加了几里路远！”
驮我的牲口，也驮着我的苦恼，
驮着我这份沉重，累了，走得慢，
好像这可怜虫凭着本能，竟知道
他主人爱慢，快了要离你更远：
有时候我火了，用靴刺踢他的腹部，
踢到他流血，也没能催他加快，
他只用一声悲哀的叫唤来答复，
这叫唤刺我，比靴刺踢他更厉害；
　　因为他这声叫唤提醒了我的心。
　　我的前面是忧愁，后面是欢欣。

译解

诗人发觉他的旅行使他双重疲惫，因为除了旅途劳顿之外，在每日歇脚的时候，他的安静与休息还使他想到：他离开他的爱友更远了。他所骑的马，好像在同情他，走得很慢。有时候，诗人不耐烦了，用靴刺踢马，马呼痛的叫声又提醒了诗人的悲哀。——第五行“牲口”即第七行“可怜虫”，指诗人所骑的马。第八行起，到下一首诗，马用“他”来代替。第十四行：因为越向前走，离开他的爱友越远；他的欢欣就是他的爱友。

五一

那么，背向着你的时候，由于爱，
我饶恕我这匹走得太慢的坐骑：
背向着你呀，为什么要走得飞快？
除非是回来，才需要马不停蹄。
那时啊，飞行也会觉得是爬行，
可怜的牲口，还能够得到饶恕？
他风驰电掣，我也要踢他加劲；
因为我坐着，感不到飞快的速度；
那时候，没马能跟我的渴望并进；
因此我无瑕的爱所造成的渴望
（不是死肉）将燃烧，奔驰，嘶鸣；
但是马爱我，我爱他，就对他原谅；
　　因为背向你，他曾经有意磨蹭，
　　面向你，我就自己跑，放他去步行。

译解

马载着诗人背向他爱友走的时候，就不必匆忙地赶；但在回来的时候，是面向他爱友，诗人就要用靴刺踢他的可怜的马了，不论马跑得多快。诗人因为骑在马上，自己不动，不能感到前进的速度，于是就下马亲自向他爱友奔去，这样可以获得速度的感觉，同时让可怜的马休息。这是诗人的狂想。——第一行末“爱”双关，可指诗人对他爱友的爱，亦可指诗人对马的爱。第九、十行中的“渴望”即第四十五首中的“渴望”，是四大元素之一的火。第十三行的“有意磨蹭”，说明“马爱我”（第十二行）。

五二

我像个富翁，有一把幸福的钥匙，
能随时为自己打开心爱的金库，
可又怕稀有的快乐会逐渐消失，
就不愿时刻去观看库里的财富。
同样，像一年只有几次的节期，
来得稀少，就显得更难得、更美好
也像贵重的宝石，排得开、镶得稀，
像一串项链中几颗最大的珠宝。
时间就像是我的金库，藏着你，
或者像一顶衣橱，藏着好衣服，
只要把被囚的宝贝开释，就可以
使人在这一刻感到特别地幸福。
　　你是有福了，你的德行这么广，
　　使我有了你，好夸耀，没你，好盼望。

译解

诗人感到不应与他爱友接触太频，否则将失去见面时稀有的愉快；他如果能忍耐着不与他爱友多见面，就可以在与他爱友见面时更快乐。——第一、二行：参照第四八首，诗人在那一首中说，他已经把一切东西都锁了起来，除了他的爱友。第九行：时间是“金库”，因为在别离的时候，他爱友好像被时间藏着不使诗人见到，但诗人有开这个库的钥匙。

五三

你这人究竟是用什么物质造成的，
能使几千万别人的影子跟你转？
因为每个人都只能有一个影子，
你一人却能借出影子几千万！
描述阿多尼斯吧，他这幅肖像，
正是照你的模样儿拙劣地描下，
把一切美容术都加在海伦的脸上，
于是你成了穿希腊服装的新画：
就说春天吧，还有那丰年的收获；
春天出现了，正像你美丽的形态，
丰年来到了，有如你仁爱的恩泽，
我们在各种美景里总见到你在。
　　在一切外表的优美中，都有你的份，
　　可谁都比不上你那永远的忠贞。

译解

几千万别人的美质，出现在诗人的爱友身上，那么，诗人的爱友的肉体究竟是什么造成的？普通人只有一个影子，但一切优美的东西都是诗人的爱友的影子。不过，讲到忠实不变的心，没有东西比得上诗人的爱友。——第二行“影子”（shadow）可解作：一、“阴影”；二、“肖像”“状貌”“映影”（在镜子、水等之中的反影），“表象”等。在“……几千万别人的影子跟着你”这个表述中，“影子”作为“阴影”，所以“跟（随侍）着你”（在日光、月光、灯光……下，影子永远“跟着”主人）；“影子”又作为“状貌”。使“你”具有“几千万别人”或别的东西（如阿多尼斯、海伦、春天、丰年……）的美影。第三、四行：每一个人都只能有一个“影子”（阴影）；你是一个人，却能投射出无数“影子”（显示出种种状貌或表象）；由此可见，一切美好的事物都是你的状貌或表象。第五行：阿多尼斯（Adonis），希腊神话中的美少年，为维纳斯（Venus）所爱。第七行：海伦（Helen），古希腊美人。第七、八行意谓：如果在海伦原有的美貌上再增加一切美容术所能获致的美，那么这样的新的海伦就是一幅穿着希腊服装的你的肖像画。

五四

啊，美如果有真来添加光辉，
它就会显得更美，更美多少倍！
玫瑰是美的，不过我们还认为
使它更美的是它包含的香味。
单看颜色的深度，那么野蔷薇
跟含有香味的玫瑰完全是一类，
野蔷薇自从被夏风吹开了蓓蕾，
也挂在枝头，也玩得如痴如醉：
但是它们的好处只在容貌上，
它们活着没人爱，也没人观赏
就悄然灭亡。玫瑰就不是这样，
死了还可以提炼出多少芬芳：
　　可爱的美少年，你的美一旦消亡，
　　我的诗就把你的真提炼成奇香。

译解

诗人的爱友是美的，他还有一颗忠实的心（见第五三首第十四行），这使他更美。好像玫瑰是美的，但如果它没有香味，它的美就减少了许多。玫瑰谢了，还可以提炼出香精来（参照第五首第十三、十四行）。当他的美消失后，诗人的诗就把他的被提炼出来了的真（忠实）发散出来。——第五行的“野蔷薇”专指一种颜色深红但没有香味的野蔷薇。第十一行：“悄然灭亡”原来的意思是对别人无益而独自死去。第十三行：如将对方当作女性，则“可爱的美少年”可改为“美丽可爱的少女”，盖原文youth（青年）是男女通用的。

五五

白石，或者帝王们镀金的纪念碑
都不能比这强有力的诗句更长寿；
你留在诗句里将放出永恒的光辉，
你留在碑石上就不免尘封而腐朽。
毁灭的战争是会把铜像推倒，
火并也会把巨厦连根儿烧光，
但是战神的利剑或烈火毁不掉
你刻在人们心头的鲜明印象。
对抗着湮灭一切的敌意和死，
你将前进；人类将永远歌颂你，
连那坚持到世界末日的人之子
也将用眼睛来称赞你不朽的美丽。
　　到最后审判你复活之前，你——
　　活在我诗中，住在恋人们眼睛里。

译解

又说到诗有战胜时间的力量。诗人对其爱友保证说，他（爱友）将永远被人们记着，哪怕到白石和帝王的纪念碑都被时间销毁了，哪怕到世界的末日。按基督教，有所谓最后审判在世界末日举行。——第三、四行：你墓碑上的铭文是不能使你不朽的，只有我的诗能使你不朽。第十三行：按基督教义，到世界末日，死者将复活的接受最后审判。第十四行意谓：“你将活在我的诗中，同时反映在读这些诗的恋人们的眼睛里。”

五六

你的锋芒不应该比食欲迟钝，
甜蜜的爱呵，快更新你的力量！
今天食欲满足了，吃了一大顿，
明天又会饿得凶，跟先前一样；
爱，你也得如此，虽然你今天教
饿眼看饱了，看到两眼都闭上，
可是你明天还得看，千万不要
麻木不仁，把爱的精神扼杀。
让这可悲的间隔时期像海洋
分开了两边岸上新婚的恋人，
这对恋人每天都来到海岸上，
一见到爱又来了，就加倍高兴；
　　或唤它作冬天，冬天全都是忧患，
　　使夏的到来更叫人企盼，更稀罕。

译解

在这一首诗中，诗人是在对抽象的“爱”说话，这“爱”可能是指诗人的爱友的爱，也可能是指诗人自己的爱。诗人怕这个爱会逐渐变弱，所以希望它（爱）能像食欲一样常新。诗人预料将与爱友暂别，他暗示他们两人应每天到海边去寻求爱的归来，或者把分离的时期比作冬，在等待夏的到来。——第九行：可能是指海口或海峡。第十行“新婚的恋人”，似乎希腊神话中希罗（Hero）与勒安得（Leanaer）的故事闪过了诗人的脑子。希腊神话中有这样的故事：阿必多斯的青年勒安得每晚必游过赫勒斯滂海峡（即现在的达达尼尔海峡）去会见他的情人——修女希罗。一夜，遇见风雨，勒安得在游泳过海峡时淹毙。希罗得知情人遇难后自杀。第十三行“它”指第九行中的“间隔时期”（疏远或分离的时期）。

五七

做了你的奴隶，我能干什么，
假如不去侍候你，遂你的心愿？
我的时间根本就不算什么，
我也没事情可做，只等你使唤。
我的君王！我为你守着时钟，
可是不敢责骂那不尽的时间，
也不敢老想着别离是多么苦痛，
自从你对你仆人说过了再见；
我也不敢一心忌妒地去探究
你到了哪儿，或猜测你的情形，
只像个悲伤的奴隶，没别的念头，
只想：你使你周围的人们多高兴。
　　爱真像傻瓜，不管你在干什么，
　　他总是以为你存心好，不算什么。

译解

诗人说：他不过是他爱友的奴隶罢了，不能干涉他爱友的自由，除了等待服务以及思念他爱友在别处使别人多么快乐以外，别无企图。看来，诗人得到了一些信息，这使诗人不愉快。于是诗人写这首诗给爱友，声称自己是他的奴仆，一切都听从他的吩咐，不管他如何使别人欢悦，诗人对他的忠诚是不会动摇的。这是诗人的表白：发生了什么问题，责任不在诗人一边。

五八

造我做你的奴隶的神，禁止我
在我的思想中限制你享乐的光阴，
禁止我要求你算清花费的时刻，
是臣仆，我只能侍候你的闲情！
啊，让我忍受（在你的吩咐下）
囚人的孤独，让你逍遥自在，
我忍受惯了，你对我一声声责骂，
我也忍受，不抱怨你把我伤害。
你爱上哪儿就上哪儿：你的特权
大到允许你随意支配光阴：
你爱干什么就干什么，你也完全
有权赦免你自己干下的罪行。
　　即使是蹲地狱，我也不得不等待，
　　并且不怪你享乐，无论好歹。

译解

诗人称自己是他爱友的奴隶。他爱友是“君王”（见第五七首第五行），自私、残忍，但诗人必须忍受一切，而且诗人总不怪他爱友，只是等待着而已。——第一行“神”，诗人也许是指丘比德（Cupid），爱之神。第六行：“囚人的”，能把人囚禁起来的。第十三行：参照第一二〇首第六行。

五九

假如除原有的事物以外，世界上
没新的东西，那么，我们的脑袋，
苦着想创造，就等于教自己上当，
白白去孕育已经出世的婴孩！
啊，但愿历史能回头看以往
（它甚至能追溯太阳的五百次运行），
为我在古书中显示出你的形象，
既然思想从来是文字所表明。
这样我就能明了古人会怎样
述说你形体的结构是一种奇观，
明了究竟是今人好，还是古人强，
究竟事物变不变，是不是循环。
　　啊！我断言，古代的天才只是，
　　给次等人物赠送了美言和赞辞。

译解

这里（还有第一二三首）似乎出现了一种“循环说”，这种学说认为时间运行若干年为一周，周而复始，一切都是重复过去发生过的事情，因此天下没有新的事物。这种学说可能是从布鲁诺（Bruno）的哲学演化而来的。诗人说，他愿意读古代的诗人对目下的他的爱友的赞美，因为既然天下无新事物，则他的爱友的美想来也在古时存在过。但是，诗人又断言：古时的天才诗人不可能见到他爱友这样美的人，因此古时的诗人所赞美的只是次等的人！——第一至四行：天下没有新的事物，那么，人类的脑子想创造新的事物，是不可能的，即使创造了什么，那其实是早就存在的东西。第十一、十二行意谓：可借此明了究竟是今人比古人美，还是古人比今人美，明了究竟今人是否就是古人，即同一事物是否有循环性的再现。第十三、十四行：这两行实际上否定了“循环说”。由此可见，莎士比亚并不真相信这种学说，他只是为了说明他爱友的美是空前的而预先做一个假设。

六〇

正像海涛向卵石滩头奔涌，
我们的光阴匆匆地奔向灭亡，
后一分钟挤去了前一分钟，
接连不断地向前竞争得匆忙。
生命，一朝在光的海洋里诞生，
就慢慢爬上达到极峰的成熟，
不祥的晦食偏偏来和他争胜，
时间就捣毁自己送出的礼物。
时间会刺破青春表面的彩饰，
会在美人的额上掘深沟浅槽；
会吃掉稀世之珍：天生丽质，
什么都逃不过他那横扫的镰刀。
　　可是，去他的毒手吧！我这诗章
　　将屹立在未来，永远地把你颂扬。

译解

根据“循环说”，在时间的奔流中，事物一再来而复去、去而复来地循环不息。也许是这一悲哀的观念使诗人想到海边的浪涛，涌上滩来，又退下滩去，后一涛代替了前一涛。婴儿诞生了，不久就进入成熟时期，立刻不幸开始，从成熟再转入衰朽与死亡。但诗人相信，他的诗能克服时间，能保存爱友的美到未来。——第五至八行：生命从婴儿到老年人的过程——这个立意在第七首中曾出现过。第六行中的“爬”暗示了婴儿的动作。第十一行“天生丽质”指稀有的自然美，因为人工美反能逃过时间的“毒手”。

六一

是你故意用面影来使我面对
漫漫的长夜张着沉重的眼皮？
是你希望能打破我的酣睡，
用你的影子来玩弄我的视力？
是你派出了你的魂灵，老远
从家乡赶来审察我干的事情；
来查明我怎样乱花了空闲的时间，
实现你猜疑的目的，嫉妒的用心？
不啊！你的爱虽然多，还没这样大；
使我睁眼的是我自己的爱；
我对你真爱，这使我休息不下，
使我为你扮守夜人，每夜都在：
　　我为你守夜，而在老远的地方，
　　你醒着，有别人紧紧靠在你身旁。

译解

诗人说到他因思念爱友而失眠。诗人对他的爱友说：“你的面影使我在漫漫的长夜中睁开着眼睛，这是你的愿望吗？你希望我失眠吗？你的灵魂可能离开你的肉体到我这儿来看我做的事吗？不！你的爱还不够伟大到如此。那是我自己的对你的爱使我终夜醒着思念你，而你却在远处跟别人在一起！”

六二

自爱这罪恶占有了我整个眼睛，
整个灵魂，以及我全身各部，
对这种罪恶，没有治疗的药品，
因为它在我的心底里根深蒂固。
我想我正直的形态，美丽的容貌，
无匹的忠诚，天下没有人比得上；
我要是给自己推算优点有多少，
那就是：在任何方面比任谁都强。
但镜子对我显示出：又黑又苍老，
满面风尘，多裂纹，是我的真相，
于是我了解我自爱完全是胡闹，
老这么爱着自己可不大正当。
　　我赞美自己，就是赞美你（我自己），
　　把你的青春美涂上我衰老的年纪。

译解

诗人感到自己非常美丽，感到自己在一切方面都远胜别人，于是起了一种强烈的自我爱怜的心理。但当他对镜子看时，他明白他自己的面貌原来是憔悴而苍老的。原来他把他爱友的美当作自己的美了，因为他与他爱友是一体。

六三

我爱人将来要同我现在一样，
会被时间的毒手揉碎，磨损；
岁月会吸干他的血，会在他额上
刻满皱纹；他的青春的早晨，
也会走进老年的险峻的黑夜，
他如今是帝王，是一切美的领主，
这些美也会褪去，最后会消灭，
使他失掉他春天的全部宝物；
我怕这时期要来，就现在造碉堡，
预防老年用无情的刀斧来逞威，
使老年只能把他的生命砍掉，
砍不掉他留在后人心中的美。
　　他的美将在我这些诗句中呈现，
　　诗句将长存，他也将永远新鲜。

译解

从这一首起到第六八首止，诗人并不如在别的诗中似的在对谁说话；而是用“我爱人”或“他”代替了“你”。诗人怕时间会夺去他爱友的美，所以早为之计，建造了诗这碉堡，把他爱友的美保存在其中。这样，将来他爱友尽管老，甚至死，他的美却能永生了。——第十四行原意为：诗将永葆青春，他既然在诗里，也将永葆青春。

六四

我曾经看见：时间的残酷的巨手
捣毁了往古年代的异宝奇珍；
无常刈倒了一度巍峨的塔楼，
狂暴的劫数甚至教赤铜化灰尘；
我又见到：贪婪的海洋不断
进占着大陆王国滨海的领地，
顽强的陆地也掠取大海的地盘，
盈和亏，得和失相互代谢交替；
我见到这些循环变化的情况，
见到庄严的景象向寂灭沉沦；
断垣残壁就教我这样思量——
时间总会来夺去我的爱人。
　　这念头真像“死”呀，没办法，只好
　　哭着把唯恐失掉的人儿抓牢。

译解

高楼会倒，赤铜会烂，海陆会盈亏变换，当然时间也会夺去诗人的爱友，诗人想到这个就战栗了，一如面对着死神似的。但诗人执着于爱，他抓住自己的爱友，抵抗死之袭来。——最后两行意谓：这念头不能做别的选择，只好哭泣，因为它具有的是一个它害怕失去的东西——这样的念头，真像“死”啊！

六五

就连金石，土地，无涯的海洋，
也奈何不得无常来扬威称霸，
那么美，又怎能向死的暴力对抗——
看她的活力还不过是一朵娇花？
啊，夏天的香气怎能抵得住
多少个日子前来猛烈地围攻？
要知道，就算顽石坚强，巉岩牢固，
钢门结实，都得被时间磨空！
可怕的想法啊，唉！时间的好宝贝
哪儿能避免进入时间的万宝箱？
哪只巨手能拖住时间这飞毛腿？
谁能禁止他把美容丽质一抢光？
　　没人能够呵，除非有神通显威灵，
　　我爱人能在墨迹里永远放光明。

译解

既然死的暴力能摧毁一切，那么，脆弱的美又怎么能对抗它呢？这，使诗人忘不了他的爱友也将被时间夺去。诗人安慰自己说，他的爱友将在他的诗中永生。——第三、四行：原文中有法律名词，直译应为："那么，美的权利还不比一朵花更强，她（美）又怎能具有向死的暴力提出诉讼的权利呢？"第六行"围攻"假定"夏天的香气"是一座城。第九行："时间的好宝贝"指世上的宝贝原是时间的产物。第十三行的"神通"暗示作者写的这十四行诗。莎翁在这里无异于给自己的十四行诗作预言，这预言今天已实现。

六六

对这些都倦了，我召唤安息的死亡，——
譬如，见到天才注定了做乞丐，
见到草包穿戴得富丽堂皇！
见到纯洁的盟誓遭恶意破坏，
见到荣誉被可耻地放错了位置，
见到暴徒糟蹋了贞洁的处子，
见到不义玷辱了至高的正义，
见到瘸腿的权贵残害了壮士，
见到文化被当局封住了嘴巴，
见到愚蠢（像博士）控制着聪慧，
见到单纯的真理被瞎称作呆傻，
见到善被俘去给罪恶将军当侍卫；
　　对这些都倦了，我要离开这人间，
　　只是，我死了，要使我爱人孤单。

译解

诗人在当时上流社会中的交往，使他憎恶这社会中的一切不合理的现象，使他甚至厌倦了生命，愿意离开这世界。可惜，如果他离开这世界，他的爱友就孤单了。——第四行亦可解作“真的事实被假的见证所抹杀”。第八行可参照第三七首第三行。第十二行，是以上一切的总结。——这里介绍两位评论家对这首诗的评价。刻尔纳（Kellner）认为这首诗是莎士比亚“十四行诗中的一颗明珠……这首诗中没有一个字在今天不具有丰富的含义；整首诗是如此地具有普遍意义，如此地不受时间的局限”；葛瑞哥（Gregor）认为这首诗是莎士比亚十四行诗中“最动人心弦的，最美的一首”，是“一首不可超越的诗”。原诗十行连用and 开头，写出诗人忍无可忍的心绪的连续爆发，也写出诗人对丑恶现实的愤慨心情一览无余的宣泄。译文也连用十个“见到”来传达义愤填膺情绪之不可遏止。最后一行中“爱人”的出现，画龙点睛，犹如黑暗王国里突然射出一线光明，使全诗的情调来一个转乾坤，导入一个新的境界。

六七

啊！为什么他要跟瘟疫同住，
跟恶徒来往，给他们多少荣幸，
使他们能靠他获得作恶的好处，
用跟他交游这方法来装饰罪行？
为什么化妆术要把他的脸仿造，
从他新鲜的活画中去盗取死画？
为什么可怜的美人要拐个弯去寻找
花儿的假影——就因为他的花是真花！
他何必活呢，既然造化破了产，
穷到没活血红着脸在脉管运行？
原来除了他，造化没别的富源，
她夸称大富，却从他得利而活命。
　　啊，她是藏了他来证明，古时候，
　　这些年变穷以前，她曾经富有。

译解

他的爱友为什么还要活在这个堕落的时代，与世间的恶徒们来往，让他们利用呢，世人用化妆法来模仿他爱友的美貌，偷窃他爱友的生动的颜色，却只现出一脸死相，何必呢？世人因为他有真花（玫瑰），于是就拐个弯（仿造）去追求花的假影（涂脂抹粉），为什么呢？如今，造化（大自然）已经破产，穷到连血都干枯了，那么，他爱友还要活下去是为了什么呢？原来，造化虽夸说富有多少美，但事实上那是从前的事了，现在，那些所谓“美”都不是真正的美了，除了他爱友的美；所以造化贮藏了他爱友，是要用他来证明人类的本相啊！——本诗中“他”指诗人的爱友，“他们”指恶徒，“她”指造化。第一行“瘟疫”指人们道德堕落的时代。瘟疫能蔓延，指恶徒们能把罪恶传染给别人。莎士比亚时代多瘟疫，这个字在当时是很可怕的。第七行“可怜的美人”指不美而涂脂抹粉的人。

六八

古代，美像花一般茂盛又衰败，
他的面颊是表明这古代的地图，
那时候，美的私生子徽章没人戴，
也不敢公然在活人额头上居住；
那时候，一座座坟墓夺得的战利品——
死者的金色鬈发，还没被剪下来
装饰在别人头上度第二次生命，
那美发还没来盛装活人的脑袋；
他的脸正显出那个神圣的往昔，
没半点装饰，只有本色和真相，
不利用别人的葱绿来建造夏季，
不强抢古董来做他美貌的新装；
　　造化藏着他做地图，教人工美容匠
　　来认清古代的美是什么模样。

译解

诗人在上一首中斥责世人涂脂抹粉，在这一首中，又斥责世人戴假发。上一首结束处是：造化（大自然）用诗人的爱友证明了人类的本相，于是，这一首开始就说，他爱友因此是表明古代的地图（典范，样本）。在那古代，并不像现代人似的把坟墓里的美人的金发偷来装在自己头上。他爱友的美就表明了古代的美，是真正的、自然的、绝无矫作的美。造化要他爱友活着给从事于虚伪的美容术的人们看清楚古代的真正的美是什么。——第一行“像花一般”意思是像花那样自然，那样呈现天然的色彩。第二行的“地图”喻典范，样本；莎士比亚时代，地图正如文学一样在蓬勃发展，所以“地图”是当时文士所爱用的比喻。第三行“美的私生子”指虚伪的美容，因为这种美不是造化的合法的子嗣；“徽章”是标记。

六九

世人的眼睛见到的你的各部分，
并不缺少要心灵补救的东西：
一切舌头（灵魂的声音）都公正，
说你美，这是仇人也首肯的真理。
你的外表就赢得了表面的赞叹，
但那些舌头虽然赞美你容貌好，
却似乎能见得比眼睛见到的更远，
于是就推翻了赞美，改变了语调。
他们对你的内心美详审细察，
并且用猜度来衡量你的行为，
他们的目光温和，思想可偏狭，
说你这鲜花正发着烂草的臭味：
　　但是，为什么你的香和色配不拢？
　　土壤是这样：你就生长在尘俗中。

译解

诗人对他的爱友说：他（爱友）的美的确值得赞美，因而获得了每个人的赞美。但有些人用自己的解释来评价他的行为，说他的外表虽美，内心却相反，正如一朵花，虽然外形十分好看，却发出臭气来。怎么会产生这种情况呢？这是因为：尽管他内心是美的，但他“生长在世俗中”（第十四行）“跟恶徒来往”（第六七首第二行），因此世人就看不见他内心的美了。——第四行：“仇人也首肯的真理”即不加任何夸张的客观评价。第七、八行：参看第二四首第十三、十四行。第十四行：“土壤”原文为soyle，有“土壤”和“宽恕”（assoil）双重意义。

七〇

你被责备了，这不是你的过失，
因为诽谤专爱把美人作箭靶，
被人猜忌恰好是美人的装饰，
明丽的天空中一只飞翔的乌鸦。
假如你是个好人，诽谤只证明
你有偌大的才德，被时代所钟爱。
因为恶虫顶爱在娇蕾里滋生，
而你有纯洁无瑕的青春时代。
你已经通过了青春年华的伏兵阵，
没遇到袭击，或者征服了对手；
不过这种对你的赞美并不能
缝住那老在扩大的嫉妒的口：
　　恶意若不能把你的美貌遮没，
　　你就将独占多少座心灵的王国。

译解

诗人的爱友被责备是事实，但这并不足以证明他应受责备。诽谤专门中伤好人，被猜忌好像是美人的饰物，正如乌鸦是天空的饰物，因此诽谤恰巧反而证明了他的价值。四处埋伏的诱惑，专门袭击人们的青春时代，正如恶虫专门侵害花朵的蓓蕾，但他已通过了那些埋伏，或者没有遇到袭击，或者遇到袭击而战胜了，从而显出了一个纯洁无瑕的青春来。不过，这种对他的赞美并不能禁止别人对他嫉妒。——第六行“时代”作“当时的潮流”解。第七行“恶虫”指外来的诱惑，而非内在的罪恶（见第三五首第四行）。

七一

只要你听见丧钟向世人怨抑地
通告说我已经离开恶浊的人世，
要去和更恶的恶虫居住在一起，
你就不要再为我而呜咽不止；
你读这诗的时候，也不要想到
写它的手；因为我这样爱你，
假如一想到我，你就要苦恼，
我愿意被忘记在你甜蜜的思想里。
或者，我说，有一天你看到这首诗，
那时候我也许已经化成土灰，
那么请不要念我可怜的名字，
最好你的爱也跟我生命同毁；
　　怕聪明世界会看穿你的悲恸，
　　在我去后利用我来把你嘲弄。

译解

诗人请他的爱友将来千万别为诗人的死而悲伤。诗人教他爱友连“哀悼的眼泪”（见第三一首第六行）也不必洒，只须忘掉就行，免得苦恼或受人嘲笑。——第三行“恶虫”与上一首第七行中的“恶虫”不同，这里是指使尸体在坟墓中腐烂的虫。第十三行“聪明世界”的聪明，就是聪明到不对已经过去的事物悲伤。“看穿”是反语。

七二

啊，恐怕世人会向你盘问：
我到底好在哪儿，能够使你在
我死后还爱我——把我忘了吧，爱人，
因为你不能发现我值得你爱；
除非你能够造出善意的谎言，
把我吹嘘得比我本人强几倍，
给你的亡友加上过多的颂赞，
超出了吝啬的真实允许的范围；
啊，怕世人又要说你没有真爱，
理由是你把我瞎捧证明你虚伪，
但愿我姓名跟我的身体同埋，
教它别再活下去使你我羞愧。
　　因为我带来的东西使我羞惭，
　　你爱了不值得爱的，也得红脸。

译解

诗人对他爱友说：假如诗人死后，世人问诗人的爱友何以要爱诗人，那么，诗人的爱友只能用善意的谎来虚伪地夸赞诗人（因为诗人认为自己没价值）了。不过，假使诗人的爱友真的这样做，那么他的真爱似乎就虚伪了，因为说了假话。所以诗人说还是让自己的姓名被忘了的好，不要使这名仍留在世间，使他俩都感到羞愧。——第十三、十四行的意思可能是：诗人写出来的诗使他惭愧，他爱友爱这不值得爱的诗，也得惭愧。

七三

你从我身上能看到这个时令：
黄叶落光了，或者还剩下几片
没脱离那乱打冷战的一簇簇枝梗——
不再有好鸟歌唱的荒凉唱诗坛。
你从我身上能看到这样的黄昏：
落日的回光沉入了西方的天际，
死神的化身——黑夜，慢慢地临近，
挤走夕辉，把一切封进了安息。
你从我身上能看到这样的火焰：
它躺在自己青春的余烬上燃烧，
像躺在临终的床上，一息奄奄，
跟供它养料的燃料一同毁灭掉。
　　看出了这个，你的爱会更加坚贞，
　　好好地爱着你快要失去的爱人！

译解

诗人过度的劳作、失眠，以及可能的不健康，使他感到他的生命已经进入冬季，又如白天到了黄昏，或者像一团快要烧完的火，只剩下了一把灰烬。诗人希望他爱友能看到这情形，而加深他对诗人的爱。——第四行“唱诗坛”指第三行中的“枝梗”，唱诗坛是教学建筑的一部分，诗人把林中的秃枝比作哥特式的（Gothic）教堂建筑，可能是想到了当时的许多即将倾圮的古代建筑物。

七四

但是，安心吧：尽管那残酷的捕快
到时候不准保释，抓了我就走，
我生命还有一部分在诗里存在，
而诗是纪念，将在你身边长留。
你只要重读这些诗，就能够看出
我的真正的部分早向你献呈。
泥土只能得到它应有的泥土；
精神将属于你，我那优秀的部分：
那么，你不过失去我生命的渣滓，
蛆虫所捕获的，我的死了的肉体，
被恶棍一刀就征服的卑怯的身子；
它太低劣了，不值得你记在心里。
　　我身体所值，全在体内的精神，
　　而精神就是这些诗，与你共存。

译解

诗人希望他爱友在诗人死后安心些，因为死去的只是诗人的低劣的一部分

即肉体，那不值得他爱友铭记；而诗人的优秀的一部分即精神，则留在诗人的诗篇中，那将永远跟在他爱友身边，不灭。——第一行“捕快”指死神。第五行：参照第三二首第三、四行。第七行意谓：“坟墓所能埋葬的只是我的肉体而已，那是它应得的。”按照《圣经》，人乃泥土所制，故云；或参照第四四首“译解”。第十一行：指诗人的肉体被“恶棍一刀”所征服，“恶棍一刀”指“死神和他的镰刀”。

七五

我的思想需要你，像生命盼食物，
或者像大地渴望及时的甘霖；
为了你给我的安慰，我斗争，痛苦，
好像守财奴对他的财物不放心：
有时候是个享受者，挺骄傲，立刻——
又害怕老年把他的财物偷去；
刚觉得跟你单独地相处最快乐，
马上又希望世界能看见我欢愉：
有时候我大嚼一顿，把你看个够，
不久又想看，因为我饿得厉害；
任何欢乐我都不追求或占有，
除了从你那儿得到的欢乐以外。
　　我就这样子一天挨饿一天饱，
　　不是没吃的，就是满桌的佳肴。

译解

诗人对他爱友说，诗人需要爱友正如生命需要食物，大地需要雨水。他有时觉得自己与爱友单独相处时最快乐，有时又希望世人能知道他这种快乐；有时他因为有了爱友而骄傲，有时又怕“老年”会偷掉爱友；有时他把他爱友看够了，像大吃一顿，有时又饿得慌，想看爱友一眼；这样时饿时饱，时乐时惧，正如守财奴守着财物，诗人守着爱友。——第四行中的“他”与第六行中的“他”均指“守财奴”。第六行中的“老年”意味着“死”。第九行：参照第四七首第五行。

七六

为什么我诗中缺乏新的华丽？
没有转调，也没有迅速的变化？
为什么我不学时髦，三心二意，
去追求新奇的修辞，复合的语法？
为什么我老写同样的主题，写不累，
又用著名的旧体裁来创制新篇——
差不多每个字都能说出我是谁，
说出它们的出身和出发的地点？
亲爱的，你得知道我永远在写你，
我的主题是你和爱，永远不变，
我要施展绝技从旧词出新意，
把已经抒发的心意再抒发几遍：
　　既然太阳每天有新旧的交替，
　　我的爱也就永远把旧话重提。

译解

诗人的作品，可能被同时代的人批评为：无变化，内容千篇一律，又无新的形式，新的修辞，用同一形式写诗，每一个字都显示了作者是谁，说出了它们（字）的出身和出处，即作者是谁，即读者极容易从风格中看出作者是谁。诗人解释道：他爱他的爱友，所以只能用同一形式写这唯一的主题，正如太阳每日去而复来，亘古常新，他的爱也将在诗中反复出现而绝不陈腐。——第四行“新奇的修辞，复合的语法”指当时新尚的诗风。

七七

镜子会告诉你，你的美貌在凋零，
日晷会告诉你，你的光阴在偷移；
空白的册页会负载你心灵的迹印，
你将从这本小册子受到教益。
镜子会忠实地显示出你的皱纹，
会一再提醒你记住开口的坟墓；
凭着日规上潜移的阴影，你也能
知道时间在偷偷地走向亘古。
记忆中包含不了的任何事物
你可以交给空页，你将看到
你的脑子所产生、养育的子女，
跟你的心灵会重新相识、结交。
　　这两位臣属，只要你时常垂顾，
　　会使你得益，使这本册子丰富。

译解

可能是这样：诗人送礼物与爱友，礼物是一本空白的记事手册，册子封面内装有小镜子一面，另有日晷（精巧的小计时器）一个。诗人的用意是他的爱友可以从镜子和日晷得到教益：时间永远在奔流，人在逐渐衰老。而那本册子，则可以用来记录他爱友的思想，使思想不致消亡。——第六行“开口的坟墓”是“皱纹”的强烈的比喻，比较：“浅沟深渠”（第二首第二行），“深沟浅槽，（第六十首第十行）。第十一、十二行：写下来重加考虑的思想与原来单单在脑中出现的思想不同；或：重读自己过去写的东西会有新鲜感。第十三行“臣属”若直译应作“职务”“责任”，指镜子与日晷的作用。

七八

我常常召唤了你来做我的缪斯，
得到了你对我诗作的美好帮助，
引得陌生笔都来学我的样子，
并且在你的保护下把诗作发布。
你的眼，教过哑巴高声地唱歌，
教过沉重的愚昧向高直飞，
又给学者的翅膀增添了羽翮，
给温文尔雅加上了雍容华贵。
可你该为我的作品而大大骄傲，
那全是在你的感召下，由你而诞生：
别人的作品，你不过改进了笔调，
用你的美质美化了他们的才能；
　　你是我诗艺的全部，我的粗俗
　　和愚昧被你提到了饱学的高度。

译解

诗人过去时常从爱友得到写诗的灵感，现在别的诗人来抢去了他的地位。

诗人说，他本来是暗哑的，没有受过教育的，他之所以能写诗，完全是爱友之赐；而别人已经会飞，已经优美，他爱友何必再去锦上添花呢？他教他爱友别忘了他们之间的特殊关系。——第一行“缪斯”参照第三十八首“译解”。第三行“陌生笔”指别的诗人们。第五、六行“哑巴”与“愚昧”指诗人自己；又，“教”是教学的教（taught）。第七、八行：“学者的翅膀”与“温文尔雅”指别的诗人。第九行起：为我的作品而骄傲吧，因为我的作品其实完全是你的；别人的作品呢，你不过修饰了它们罢了。

七九

从前只有我一个人向你求助，
我的诗篇独得了你全部优美；
如今我清新的诗句已变得陈腐，
我的缪斯病倒了，让出了地位。
我承认，亲爱的，你这个可爱的主题
值得让更好的文笔来惨淡经营；
但你的诗人描写你怎样了不起，
那是他抢了你又还给你的辞令。
他给你美德，而这个词儿是他从
你的品行上偷来的；他从你面颊上
拿到了美又还给你：他只能利用
你本来就有的东西来把你颂扬。
　　他给予你的，原是你给他的东西，
　　你就别为了他的话就对他表谢意。

译解

他对他爱友说：当他单独从他爱友获得灵感时，他的诗就有着他爱友的一切优美，但现在他的灵感枯竭了，因为有别人来代替了他的地位。不过，别位诗人所写的他爱友的美丽，其实都是从他爱友身上偷来抢来的，就是说，那诗人的诗所以好，只是因为描写对象本身好的缘故，因此他爱友不应该感谢那诗人。——第四行“缪斯病倒了”意谓灵感枯竭了。第五行“主题”指爱友的美这个主题。第七行“你的诗人”及第八、九、十、十一、十三、十四行中的“他”均指目下获得作者爱友之青睐的诗人。

八〇

我多么沮丧呵！因为在写你的时候
我知道有高手在利用你的声望，
知道他为了要使我不能再开口，
就使出浑身解数来把你颂扬。
但是，你的德行海一样广大，
不论木筏或锦帆，你一律承担，
我只是莽撞的小舟，远远不如他，
也在你广阔的海上顽强地出现。
你浅浅一帮就能够使我浮泛，
而他正航行在你那无底的洪波上，
或者我倾覆了，是无足轻重的舢板，
而他是雄伟的巨舰，富丽堂皇：
　　那么，假如他得意了，而我被一丢，
　　最坏的就是：——我的爱正使我衰朽。

译解

诗人说：当他想以他爱友为主题而写诗时，他想到别的诗人正在颂扬他爱友，于是他十分沮丧。不过，他说，他爱友的德行是广大如海洋的，负载着不论大小的船只，诗人的船是小船，倾覆了也不足道，而那位诗人的船则是高大雄伟的巨舰。假使他得志而诗人被丢，则诗人的爱导致自己的朽灭。——第二行“高手”指别的诗人。第十四行意谓：诗人对他爱友的过分专一的爱慕恰恰是他失败的原因。

八一

不是我活着来写下你的墓志铭，
就是你活着，而我已在地里腐烂；
虽然人们会把我忘记干净，
死神可拿不走别人对你的怀念。
你的名字从此将得到永生，
而我呢，一旦死了，就永别人间：
大地只能够给我个普通的坟茔，
你躺的坟墓却是人类的肉眼。
你的纪念碑将是我温雅的诗词，
未来的眼睛将熟读这些诗句，
未来的舌头将传诵你的身世，
哪怕现在的活人都已经死去；
　　我的千钧笔能使你万寿无疆，
　　活在口头——活人透气的地方。

译解

诗人与他爱友之间总有一人先死，但诗人的诗将是他爱友的永久的纪念碑，虽然诗人将被人忘掉。——第八行：因为人们将用眼睛阅读诗人的诗，将能见到诗中的诗人之爱友。把“人类的肉眼”称作爱人长眠的坟墓，是极为大胆新颖的比喻，既包含深刻的含义，又是明智的预言。第十四行：我们用嘴念诗人的诗。

八二

我承认你没有跟我的缪斯结过亲，
所以作家们把你当美好主题
写出来奉献给你的每一卷诗文，
你可以加恩查阅而无所顾忌。
你才学优秀，正如你容貌俊秀，
却发觉我把你称赞得低于实际；
于是你就不得不重新去寻求
进步的时尚刻下的新鲜印记。
可以的，爱；不过他们尽管用
修辞学技巧来经营浮夸的笔法，
你朋友却爱说真话，他在真话中
真实地反映了你的真美实价；
　　他们浓艳的脂粉还是去化妆
　　贫血的脸吧，别错用在你身上。

译解

诗人承认他爱友没有与诗人的缪斯结婚，所以他（爱友）爱上别的诗人，不算过错，他有权利要求别的入时的诗人把他的才德写得更堂皇一点。不过，他们（别的诗人）可能向他奉迎阿谀，而莎士比亚是说真话的人，莎士比亚以为他的美是不必加以装饰的。——第八行“印记”指别的诗人能写的关于莎士比亚之爱友的美。第十三行“浓艳的脂粉”指阿谀，参看下一首。

八三

我从来没感到你需要涂脂抹粉，
所以我从来不装扮你的秀颊，
我发觉，或者自以为发觉，你远胜
那诗人奉献给你的一纸贫乏：
因此我就把对你的好评休止，
有你自己在，就让你自己来证明
寻常的羽管笔说不好你的价值，
听它说得愈高妙而其实愈不行。
你认为我的沉默是我的过失，
其实我哑着正是我最大的荣誉；
因为我没响，就没破坏美，可是
别人要给你生命，给了你坟墓。
　　比起你两位诗人曲意的赞美来，
　　你一只明眸里有着更多的生命在。

译解

诗人认为别的诗人对他爱友的颂赞只是粗俗的装饰，反而破坏了他爱友的

美，而他爱友本人的美与德却远胜那些诗人的颂赞，因此，诗人（莎士比亚）就停止了对他爱友的赞美，让他爱友本人来证明自己的价值。但诗人的爱友怪诗人沉默，诗人就代自己辩护。——第十二行“坟墓”这比喻，可参照第三一首第九行中不同的用法。第十三行“两位诗人”似指莎士比亚本人与另一诗人。

八四

谁赞得最好？什么赞辞能够比
“你才是你自己”更丰美，更有力量？
在谁的身上保存着你的匹敌，
如果这匹敌不在你自己身上？
一支笔假如不能够给他的人物
一点儿光彩，就显得十分枯涩；
但是，假如他描写起你来能说出
“你是你自己”，这作品就极为出色；
让他照抄你身上原有的文句，
不任意糟蹋造化的清新的手稿，
实录的肖像会使他艺名特具，
使他作品的风格到处受称道。
　　你把诅咒加上了你美丽的幸福，
　　爱受人称赞，那赞辞就因此粗俗。

译解

诗人问：实言者与阿谀者之间，谁赞得更丰美？诗人以为“你才是你自己”这种老实话才是最美的赞辞，因为这就是造化（大自然）写在他爱友身上的单纯的语言。最后诗人以为别的诗人所以来奉迎，是因为他爱友本人太爱受人恭维了，这等于在自己的美的幸福上加上了诅咒（一种巨大的障碍）。——第三、四行意谓：只有在你的身上才有你的匹敌，即你是无匹的，即只有你的本相才是对你的最丰美的赞辞。第五行“笔”指任何一位诗人，“他”指“笔”。第十三行：“幸福”（blessings）亦可解作“祝福”，因而此行也可理解为“你把诅咒加给了祝颂你的人”即“你使那些阿谀之辈遭遇不吉”。第十四行：你的虚荣心使阿谀之辈把你吹嘘得过分了。

八五

我的缪斯守礼貌，缄口不响，
黄金的羽管笔底下却有了记录。
录下了大量对你的啧啧称扬——
全体缪斯们吟成的清辞和丽句。
别人是文章写得好，可我是思想好，
像不学无术的牧师，总让机灵神
挥动他文雅精巧的文笔来编造
一首首赞美诗而我在后头喊“阿门”。
我听见人家称赞你，就说“对，正是”，
添些东西到赞美的极峰上来；
不过那只在我的沉思中，这沉思
爱你，说得慢，可想得比谁都快。
　　那么对别人呢，留意他们的言辞吧，
　　对我呢，留意我哑口而雄辩的沉思吧。

译解

诗人的“病了”的缪斯如今不作声了，静静地听着别的诗人在赞美他的爱

友。他赞同别人的赞辞，不过他不响，只在心中默默地说着更多的赞辞。他希望他爱友在注意别人的发言时，也注意到他的沉默。——第一行“缄口”参照第二三首。第六行“机灵神”指别的诗人，参照第八〇首第二行“高手”。第八行“阿门”（Amen）为牧师或基督徒在祈祷终了时所呼的，意谓“从心所愿”。第十一、十二行意谓：诗人对其爱友的爱比别的诗人先有，虽然在言辞上表现得最迟慢。

八六

难道是他的华章，春风得意，
扬帆驶去抓你做珍贵的俘虏，
才使我成熟的思想埋在脑子里，
使它的出生地变成了它的坟墓？
难道是在精灵传授下字字珠玑、
笔笔神来的诗人——他打我致死？
不是他，也不是夜里帮他的伙计——
并不是他们骇呆了我的诗思。
他，和每夜把才智教给他同时又
欺骗了他的、那个殷勤的幽灵，
都不能夸称征服者，迫使我缄口，
因此我一点儿也不胆战心惊。
　　但是，你的脸转向了他的诗篇，
　　我就没话说；我的诗就意兴索然。

译解

诗人以为他自己“缄口”的原因，并不是由于另一诗人（即所谓“诗敌”）写出了伟大的诗，也不是由于使该诗人优越的一种精灵给了该诗人以特殊的帮助，而是由于莎士比亚觉察了爱友本人放弃了他而去垂顾该诗人的诗作，莎士比亚由此而丧失了勇气。——第一至四行：“他”指另一个诗人。诗人的成熟的思想之扼杀者，并不是另一诗人的如满帆般的诗篇。第四行“它”指第一行中的“思想”；“出生地”与“坟墓”均指第一行中的“脑子”。第五、六行：扼杀莎士比亚的并不是另一诗人。第七、八行：把莎士比亚的诗思吓倒的人并不是另一诗人和给予该诗人以帮助的精灵。“伙伴”指幽灵。九、十、十一、十二行：另一诗人及与之同谋的幽灵（幽灵给另一诗人以才华，但这才华比不过莎士比亚，因此等于欺骗了该诗人）都不能使莎士比亚缄口，他并不怕他们。第十三、十四行：当莎士比亚的爱友本人丢了他而去垂顾另一诗人的作品时，莎士比亚的心才真的冷了，于是缄口了。

八七

再会！你太贵重了，我没法保有你，
你也多半明白你自己的价值：
你的才德给予你自由的权利；
我跟你订的契约就到此为止；
你不答应，我怎能把你占有？
对于这样的福气，我哪儿相配？
我没有接受这美好礼物的理由，
给我的特许证因而就掉头而归。
你当时不知道自己有多高的身价，
或者是把我看错了，才给我深情；
所以，你这份厚礼，送错了人家，
终于回家了，算得是明智的决定。
　　我曾经有过你，像一场阿谀的迷梦，
　　我在那梦里称了王，醒来一场空。

译解

诗人向爱友告别，并且撤销了他们以前因错误而订的盟约。但诗人似乎仍希望能从这种完全的解约而引起爱友的回心转意。——第二行：你的才德这样大，而我的才德不如你，同你的才德不相称，因此你可以跟我解约。第八行：“特许证”指友谊。第十二行“回家”指礼物被爱友收回，参照第三三首。

八八

如果有一天你想要把我看轻，
带一眼侮慢来审视我的功绩，
我就要为了你好而打击我自身，
证明你正直，尽管你已经负义。
我要支持你而编我自己的故事，
好在自己的弱点我自己最明了，
我说我卑污，暗中犯下了过失；
使你失去我反而能赢得荣耀：
这样，我也将获得一些东西；
既然我全部的相思都倾向于你，
那么，我把损害加给我自己，
对你有利，对我就加倍地有利。
　　我是你的，我这样爱你：我要
　　担当一切恶名，来保证你好。

译解

诗人说，他愿意为了爱友的缘故而打击自己，甚至愿意编造自己的故事，这样，他爱友放弃了诗人，却反而得到了荣誉。诗人申言：他对他爱友的爱是如此强烈，他能为爱友而忍受一切。——第四行“负义”，他们以前曾誓约终身为友。又，此处（及其他类似处，如第九二首第九行等）与第五三首（特别是第十四行）、七首、一〇五首等中对爱友品德的歌颂似有矛盾。也许，这说明了这些十四行诗不是写给同一个人的。第十、十一、十二行：诗人爱他的爱友，则凡于爱友有利之事，于诗人亦有利了。第十二行：“对我就加倍地有利”是指爱友得利，等于诗人也得利（他们二人原是一体），爱友之利与诗人之利加起来，成了双份。

八九

你说你丢弃我是因为我有过失，
我愿意解释这种对我的侮辱：
说我拐腿，我愿意马上做跛子，
绝不反对你，来为我自己辩护。
爱啊，你变了心肠却寻找口实，
这样侮辱我，远不如我侮辱自身
来得厉害；我懂了你的意愿，
就断绝和你的往来，装作陌路人，
不要再去散步了；你的芳名，
也不必继续在我的舌头上居住，
否则我（过于冒渎了）会对它不敬，
说不定会把你我的旧谊说出。
　　为了你呵，我发誓驳倒我自己，
　　你所憎恨的人，我决不爱惜。

译解

诗人愿意承认他爱友对他的侮辱，以证实他爱友是对的，他甚至愿意放弃他们的友谊，装作根本不相识，并且绝口不提他爱友的名字；诗人要与自己为敌，因为诗人的爱友恨诗人，诗人也就恨自己了。——第五、六、七行意谓：诗人的爱友要侮辱诗人，诗人愿意承认。第九行“不要再去散步了”暗示诗人的爱友与诗人曾一同散步过。第十四行：诗人不能爱自己，因为诗人的爱友恨诗人。

九〇

你要憎恨我，现在就憎恨我吧，
趁世人希望我事业失败的时光，
你串通厄运一同来战胜我吧，
别过后再下手，教我猝不及防：
啊别——我的心已经躲开了悲郁，
别等我攻克了忧伤再向我肆虐；
一夜狂风后，别再来早晨的阴雨，
拖到头来，存心要把我毁灭。
你要丢弃我，别等到最后才丢，
别让其他的小悲哀先耀武扬威，
顶好一下子全来；我这才能够
首先尝一下极端厄运的滋味；
　　其他的忧伤，现在挺像是忧伤，
　　比之于失掉你，就没有忧伤的分量。

译解

诗人恳求爱友说：“假如你要恨我、丢弃我的话，希望你在目前下手，爽爽快快，不要拖泥带水，加重我的痛苦；而且如果现在下手，可以使现在的别种痛苦相形之下变得微不足道。”——第三行“厄运”参照第三七首第三行。

九一

人们各有夸耀：夸出身，夸技巧，
夸身强力壮，或者夸财源茂盛；
有人夸新装，虽然是怪样的时髦；
有人夸骏马，有人夸猎狗、猎鹰；
个别的生性有着个别的享受，
各在其中找到了独有的欢乐；
个别的愉悦却不合我的胃口，
我自有极乐，把上述一切都超过。
对于我，你的爱远胜过高门显爵，
远胜过家财万贯，锦衣千柜，
比猎鹰和骏马给人更多的喜悦，
我只要有了你啊，就笑傲全人类。
　　只要失去你，我就会变成可怜虫，
　　你带走一切，会教我比任谁都穷。

译解

各人有各人的悦乐，人人不同，而诗人的唯一的欢愉就是爱友的爱，那是比别人的各种悦乐的总和还要高贵的。假如诗人失去了爱友，他就将赤贫如洗了。——第十三、十四行也可直译成这样：不幸事只有这一件：你随时可能拿走一切，使我极端地不幸。

九二

你可以不择手段，把自己偷走，
原是你决定着我的生命的期限；
我的生命不会比你的爱更长久，
它原是靠着你的爱才苟延残喘。
因此我无须害怕最大的厄运中，
既然我能在最小的厄运中身亡。
我想，与其靠你的任性而生存，
倒不如一死能进入较好的境地。
你反复无常也不能再来烦恼我，
我已让生命听你的背叛摆布。
我得到真正幸福的权利了，哦，
幸福地获得你的爱，幸福地死去！
　　但谁能这么幸福，不怕受蒙蔽？——
　　你可能变了心，而我还蒙在鼓里。

译解

诗人简直还能在失去爱友的爱这件事中寻到安慰，因为诗人没有他爱友的爱而生活，所以那就等于诗人的尘世生命的结束，或天堂生活的开始。诗人说，他幸福极了，活着有爱友的爱，是幸福的，失去了爱友的爱就死去，度其天堂生涯，依然是幸福的。但诗人怀疑：他能这么幸福而不怕蒙蔽吗？因为还有另一个可能性：就是他爱友已经变了心，而诗人还不知道。——第五行“最大的厄运”指失去了爱友的爱。第七行“任性”指他的爱友的不忠于爱的游戏态度。第八行“较好的境地”指天堂。第九行“反复无常”参照第八八首第四行“译解”。第十行“背叛”，诗人隐指自己为君王，而以前如第五七首第五行，则诗人称他爱友为“君王”，这是比喻的转换。第十三、十四行：参阅第二四首。

九三

那我就活下去，像个受骗的丈夫，
假想着你还忠实；于是表面上
你继续爱我，实际上已有了变故，
你样子在爱我，心却在别的地方；
因为在你的眼睛里不可能有恨毒，
所以我不可能在那儿看出你变心。
许多人变了心，被人一眼就看出，
古怪的皱眉和神态露出了真情；
但是上帝决定在造你的时候
就教甜爱永远居住在你脸上；
于是无论你心里动什么念头，
你的模样儿总是一副可爱相。
　　假如你品德跟外貌不相称，不谐和，
　　那你的美貌就真像夏娃的智慧果！

译解

诗人说，假使他爱友变了心而他未觉察，那怎么办？那么，他就假定他爱友是忠实的，因为大自然使他爱友脸上永远表现着爱，不论他爱友心中在想什么。——第十四行："夏娃的智慧果"，据说很好看，而且是被渴望的、使人智慧的东西，但结果带来了不幸。

九四

有种人，有权力害人，而不去加害，
看来是易如反掌，他们却不做，
使别人动情，而自己是石头一块
冷若冰霜，不受人家的诱惑；
他们，无愧地承受了天生丽质，
栽培着自然的财富，不浪费点滴，
他们才是自己的美貌的主子，
别人，不过是经手美色的仆役。
夏天的花儿对夏天总芬芳可亲，
尽管它只是独自茂盛又枯萎；
但那花要是它染上了卑贱的瘟病，
最贱的野草也要比它更高贵；
　　甜东西做了贱事就酸苦难尝，
　　发霉的百合远不如野草芳香。

译解

只有能控制自己的感情的人，即忠于爱的人，才配承受上天赐给他的美貌，否则就是滥用情感，做了挥霍美貌的浪子了。一朵花，尽管无人鉴赏，对夏天和它自己总是芳馨的，但是假如它染上了疫病，变了色香，那么它就比最坏的草也不如了。——第十一行“瘟病”，参照第六七首第一行“瘟疫”。第十三、十四行：高贵的人格的堕落，比原来是不高贵者更可鄙。莎士比亚这首诗里推崇那种容貌姣好、但能控制自己的欲望、洁身自好的人，即不滥用自己的美貌去蛊惑别人又受别人蛊惑的人。这种人看似冰冷，实则火热。冷在抗拒诱惑，不纵欲、不沉溺；热在执着于爱（友谊），绝不动摇。这种人不仅有仪表美，而且有内心美，包括真（忠贞不渝）和善（温良仁慈），因而成为“自己美貌的主子”，而不是那种“经手美色的仆役”。

九五

耻辱，像蛀虫在芬芳的玫瑰花心，
把点点污斑染上你含苞的美名，
而你把那耻辱变得多可爱，可亲！
你用何等的甜美包藏了恶行！
那讲出你日常生活故事的舌头，
把你的游乐评论为放荡的嬉戏，
好像是责难，其实是赞不绝口，
一提你姓名，坏名气就有了福气。
那些罪恶要住房，你就入了选，
它们啊，得到了一座多大的厅堂！
在那儿，美的纱幕把污点全遮掩，
眼见那一切都变得美丽辉煌！
　　亲爱的心啊，请警惕这个大权力；
　　快刀子滥用了，也会失去其锋利。

译解

诗人悲哀于美丽的爱友竟有不检点的行为，并教爱友当心耽溺的后果。——第一行“蛀虫”，参看第三五首第四行，第七〇首第七行。第二行“含苞”指出他爱友尚年轻。第五行“那……舌头”指流言传布者。第七行：谓人家说他爱友行为放荡，而其实他有他的美质，所以人家说他不好，等于称赞了他。第八行意谓：爱友的恶名，沾了他自己的美名的光，恶誉亦变成佳誉了，第九至十行：指罪恶选上了他爱友，居住在他身上，“厅堂”即指他爱友的美丽的身体。第十三行“大权力”指他爱友有利用其美来隐蔽其恶的特权。

九六

有人说，你错在青春，有点儿纵情；
有人说，你美在青春，风流倜傥；
你的美和过错见爱于各色人等：
你把常犯的过错变成了荣光。
好比劣等的珠宝只要能装饰
宝座上女王的手指就会受尊敬；
这些能在你身上见到的过失
也都变成了正理，被当作好事情。
多少羔羊将要被恶狼陷害啊，
假如那恶狼能变作羔羊的模样！
多少爱慕者将要被你引坏啊，
假如你使出了全部美丽的力量！
　　但是别这样；我这么爱你，我想：
　　你既然是我的，我就有你的名望。

译解

诗人劝告他的爱友，暗示他是流言的目标。诗人说，他的爱友的美包藏了他的恶，这对别人是一种危险。诗人以爱的名义劝告他爱友改变作风。——第五至八行意谓：女王可能戴上假的珠宝而不被觉察，他爱友也可能变了心而不被怀疑。第九至十行：狼如果像了羊就更凶狠，他爱友像羊，就有了双倍于狼的力量。第十三、十四行完全重复第三六首第十三、十四行，此处意谓："但是别呵；我如此爱你！你属于我，你的名望（这名望其实是恶名，因为他爱友身上有恶）也属于我了。"即诗人把他爱友的一切，都承担在自己身上。有论者认为：这首诗的原稿可能缺最后两行，出版者将第三六首的最后两行借用到这里。

九七

不在你身边，我就生活在冬天，
你啊，迅疾的年月里唯一的欢乐！
啊！我感到冰冷，见到阴冻天！
到处是衰老的十二月，荒凉寂寞！
可是，分离的时期，正夏日炎炎；
多产的秋天呢，因受益丰富而充实，
像死了丈夫的寡妇，大腹便便，
孕育着春天留下的丰沛的种子：
可是我看这繁茂的产物一齐
要做孤儿——生来就没有父亲；
夏天和夏天的欢娱都在伺候你，
你不在这里，连鸟儿都不爱歌吟；
　　鸟即使歌唱，也带着一肚子阴霾，
　　使树叶苍黄，怕冬天就要到来。

译解

诗人不在他爱友身边，而夏秋的欢娱也已过去，到处都是冬天的寒冷与寂寞。诗人写这首诗时可能正逢冬天，但比喻的成分更多些。——第二行：诗人的爱友在一年四季中，都是诗人的欢乐的源泉。第五行：他们在夏季也不在一起。第六至十行可能是这样的意思：春天，他们是在一起的，夏天秋天，他们分开了，因此，春是父亲，秋是母亲，将来孩子生下时，春早已不在（死去），所以是孤儿，这孤儿比喻诗人单独对他与爱友在一起时的回忆。第十一至十四行：因为爱友不在，春也就死了，而且夏也毫无生气了，鸟也不唱了，即使唱，也是悲哀的音调，连树叶都怕冬天就要来了。

九八

在春天，我一直没有跟你在一起，
但见缤纷的四月，全副盛装，
在每样东西的心头点燃起春意，
教那悲哀的土星也同他跳，笑嚷。
可是，无论是鸟儿的歌谣，或是
那异彩夺目、奇香扑鼻的繁花
都不能使我讲任何夏天的故事，
或者把花儿从轩昂的茎上采下：
我也不惊叹百合花晶莹洁白，
也不赞美玫瑰花深湛的红色；
它们不过是仿造你喜悦的体态
跟娇美罢了，你是一切的准则。
　　现在依然像冬天，你不在旁边，
　　我跟它们玩，像是跟你的影子玩。

译解

诗人与他爱友在春天分离了，于是春天的一切美都不能打动诗人，因为春天的一切美都只是他爱友的影子，而爱友本人却不在诗人身边。——第二行“四月”拟人化。第四行“土星”：据占星学认为，在土星的作用下诞生的人，性情阴郁、悲哀、冷淡。土星有时是冬季的象征。第五至十行：鸟语花香不能如平时一般去打动诗人的心了，鸟儿的歌不能引动诗人来讲述夏天的故事（愉快的故事），繁花的奇香也不能引动诗人去把那花儿摘下来。第十一、十二行：参照第五三首第十行。第十四行：“你的影子”，因为它们都只是你的仿造品。

九九

对着早开的紫罗兰，我这样责备：
“你的香是哪儿来的，假如不是从
我爱人呼吸里偷来的，可爱的盗贼?
紫红驻在你嫩颊上，正是你从
我爱人脉管里唐突地染来的华美。”
我申斥盗用了你的素手的百合，
还有偷了你头发的薄荷花苞：
惧怕地站在枝头的玫瑰，白的，
偷你的绝望，红的，偷你的羞臊；
不红不白的，就把这两样都偷，
并且在赃物中加上你呼出的芳香，
但是，正当他生意蓬勃的时候，
向盗贼复仇的蛀虫就把他吃光。
　　我见过更多的鲜花，但从没见过
　　不偷盗你的香味和颜色的花朵。

译解

诗人说，所有的花都是他爱友的影子，因为花偷了他爱友的美。这一首诗共有十五行，其押韵法为12121 3434 5566 77，在第一个四行组（quatrain）中多出一行来，是莎士比亚《十四行诗集》中唯一的一首。——第二至五行，是诗人对紫罗兰所说的话，所以这四行中的“你”是指紫罗兰，从第六行起“你”仍指他爱友。第八行“惧怕”是由于“绝望”与“羞臊”（第九行），所以也是从他爱友那儿偷来的。第十行“不红不白的”指一种杂色玫瑰，其实是红白相间，他（它）最后被尺蠖类的害虫吃掉。

一〇〇

你在哪儿啊，缪斯，竟长久忘记了
把你全部力量的源泉来描述？
你可曾在俗歌滥调里把热情浪费了，
让文采失色，借光给渺小的题目？
回来吧，健忘的缪斯，立刻回来用
高贵的韵律去赎回空度的时日；
向那只耳朵歌唱吧——那耳朵敬重
你的曲调，给了你技巧和题旨。
起来，懒缪斯，看看我爱人的甜脸吧，
看时光有没有在那儿刻上皱纹；
假如有，你就写嘲笑衰老的诗篇吧，
教时光的抢劫行为到处被看轻。
　　快给我爱人扬名，比时光消耗
　　生命更快，你就能挡住那镰刀。

译解

这一首是诗人向缪斯（见第三八首“译解”）所说的话。似乎诗人与他爱友之间有一段隔膜，诗人的爱友问诗人为什么不写诗。诗人即以此诗作答。——第二行“源泉”指诗人的爱友的美，因为这美是灵感的源泉，它给了缪斯全部力量。第七行“耳朵”指诗人的爱友，因为他敬重诗人的诗（亦即诗人的缪斯的诗）并给那些诗以技巧与主题。第十一行意谓：诗人希望缪斯能写出（也就是给诗人以灵感，使诗人能写出）讽刺衰老的诗。一说讽刺衰老的诗即对时光的讽刺诗。第十四行“挡住”原字的原意为“先时间而至”。“那镰刀”指时光，参照第一二首第十三行，第六三首第十二行，第六三首第十行。

一〇一

逃学的缪斯啊，对那浸染着美的真，
你太怠慢了，你用什么来补救？
真和美都依赖着我的爱人；
你也要靠他才会有文采风流。
回答啊，缪斯：也许你会这样说，
“真，有它的本色，不用彩饰，
美，真正的美，也不用着色，
不经过加工，极致仍然是极致”？
因为他不需要赞美，你就不开口？
别这样代沉默辩护；你有职责
使他长久生活在金墓变灰后，
使他永远受后代的赞美和讴歌。
　　担当重任吧，缪斯；我教你怎样
　　使他在万代后跟现在一样辉煌。

译解

诗人责备他的缪斯怠慢。诗人代缪斯回答说，所以怠慢实因诗人的爱友

不需赞美之故（参照第八二、八三、八四首）。然后诗人提醒他的缪斯说，她（缪斯）的责任不在于使他爱友荣耀于现在，而是使他爱友永生。——第三行意谓：他爱友是真与美的标准（容貌美丽，内心纯真）。第六至八行：是诗人代缪斯所作的回答，意谓诗人的爱友本人内心和外表都美，即不需赞美。第八行“极致”指真和美的极致。第九至十四行：诗人对缪斯说，她不能推托，因为她有使诗人的爱友的美永生（即把他的美写在诗中）的责任；“他”指诗人的爱友，即第三行中的“我的爱人”；第十三行“教”是教学的“教”。过去是诗人要召唤缪斯才能获得灵感，这里却是莎士比亚站在缪斯之上，指导缪斯怎样做。事实上，缪斯和莎士比亚是合二为一的。

一〇二

我的爱加强了，虽然看来弱了些；
我没减少爱，虽然少了些表达；
除非把爱当商品，那卖主才力竭
声嘶地把爱的价值告遍人家。
我只在春季，我们初恋的时候，
才惯于用歌儿来迎接我们的爱情，
像夜莺只是讴唱在夏天的开头，
到了成熟的日子就不再歌吟：
并不是如今的夏天比不上她用
哀诗来催眠长夜的时候愉快，
是狂歌教每根树枝负担过重，
优美变成了凡俗就不再可爱。
　　所以，我有时就学她把嗓子收起，
　　因为我不愿老是唱得你发腻。

译解

诗人对爱友虽然少了赞美，但对爱友的爱还是一样。他像夜莺般只在初夏

（开始建立情谊的时候）歌唱，到了盛夏（情谊成熟的日子）就不唱了。他说他唱多了反而要使爱友厌倦的。——第三、四行：请参照第八十三、八十四、八十五各首。第七行：“夜莺”原文为Philomel（菲洛美拉）。按希腊神话，雅典王潘迭安有二女，长女名普洛克尼，次女名菲洛美拉。长女嫁于塞雷斯王铁如士，生一子。后来铁如士对普洛克尼厌倦了，就邀请菲洛美拉入宫，强奸了她，并割去了她的舌头。菲洛美拉把一腔怨抑织入锦袍，送给其姊，其姊为妹复仇，把儿子杀死，并制成肉䐑给铁如士吃，随后与菲洛美拉同逃。铁如士提了斧头在后面追，将追近时，神把他们化为鸟类：铁如士为戴胜（有美冠毛之鸟），普洛克尼为燕，菲洛美拉为夜莺。故“菲洛美拉”即夜莺的别名，是雌性。但实际上歌唱的夜莺都是雄的。第九行“她”指夜莺。第十行“哀诗”：诗人们，除了济慈（Keats），都以夜莺的歌唱为菲洛美拉的悲剧之控诉。

一〇三

唉，我的缪斯有的是用武之地，
可是她拿出的却是怎样的贫乏！
那主题，在全然本色的时候要比
加上了我的赞美后价值更大。
假如我不能再写作，你别责备我！
朝镜子看吧，那儿有脸儿出现，
那脸儿大大胜过我愚拙的诗作，
使我的诗句失色，尽丢我的脸。
那么，去把原来是好好的主题
拼命补缀，毁坏，不就是犯罪？
我的诗本来就没有其他目的，
除了来述说你的天赋，你的美，
　　比之于我的诗中的一切描摹，
　　镜子给你看到的东西多得多。

译解

诗人解释沉默的理由说，他不能把他爱友的美多所描摹，因为他爱友本人比诗人的诗胜过万倍。参照第三七、八三、一〇一各首。——第一、二行意谓：诗人的缪斯（灵感）虽然有好主题，但写出的诗却太贫乏。第三、四行意谓：诗的主题（指诗人的爱友）不加任何赞美（全然本色）时，反而比加了赞美更有价值。第九行“原来是好好的东西”指诗人的爱友。第十一、十二行意谓：诗人的诗除了赞美爱友外，不作别用，而一赞美就是犯罪（见第十行），所以只得完全沉默。第十三、十四行意谓：诗人的爱友不必要求诗人写诗给他看，只要看看自己的镜子，就胜过读诗万倍了。

一〇四

我看，美友呵，你永远不会老迈，
你现在还是那样美，跟最初我看见
你眼睛那时候一样。从见你以来，
我见过四季的周行；三个冷冬天
把三个盛夏从林子里吹落、摇光了，
三度阳春，都成了苍黄的秋季；
六月的骄阳，也已经三次烧光了
四月的花香：而你却始终鲜丽。
啊！不过，美也会偷偷地溜走，
像指针在钟面瞒着人离开字码，
你的美，虽然我相信它留驻恒久，
也会瞒着我眼睛，慢慢地变化。
　　生怕这样，后代呵，请听这首诗：
　　你还没出世，美的夏天早谢世。

译解

诗人与他的爱友的爱在某一春天建立，后来经过了三年，诗人见他的爱友的风貌与三年前一样。但变化总是有的，虽然一时不易觉察。诗人在有些诗中想用诗来使他的所爱者的美永生（见第一七、一八、一九、五四、五五、六三、六五、八一、一〇一各首），这一次却对后代的子孙说，“唉，你们见不到真正的美了！”——第十一行：“永远”原文亦作“不动”解；此行观点与第七十七首不同，可相互参照。莎士比亚十四行诗中有多首提到，他爱友的美质将保留在他的诗中而得到永生。这首诗却只是慨叹时间使他的爱友衰老，慨叹自然规律不可抗拒。

一〇五

别把我的爱唤作偶像崇拜，
也别把我爱人看成是一座偶像，
尽管我所有的歌和赞美都用来
献给一个人，讲一件事情，不改样。
我爱人今天有情，明天也仁慈，
拥有卓绝的美德，永远不变心；
所以，我的只歌颂忠贞的诗词，
就排除驳杂，单表达一件事情。
真，善，美，就是我全部的主题，
真，善，美，变化成不同的辞章；
我的创造力就用在这种变化里，
三题合一产生瑰丽的景象。
　　真，善，美，过去是各不相关，
　　现在呢，三位同座，真是空前。

译解

虽然诗人的诗总是献给爱友一个人，歌颂爱友一个人，看来似乎诗人崇拜着他的爱友，但诗人否认这是偶像崇拜。因为真、善、美三者在他的爱友身上有着高度的结合，因此他的爱友是值得永远歌颂的。如果说崇拜，那他的爱友也是值得崇拜的。因此他的爱友不能被认为是偶像。（按，基督教禁止对异教偶像的崇拜。）——第一行“我的爱”指抽象的爱，即诗人对他爱友的爱。第十三、十四行意谓：在他爱友以前，从未有人能一身兼真、善、美三者的，至多能有其中之一罢了。在这首诗里，莎士比亚提出了他所主张的人生的最高准则：真、善、美，和这三者的结合。诗人对爱友的赞美从过去的仅仅着眼于美的姿容提升到同时着眼于心灵美，把他的爱友描写成一个完美的人格典型。他的爱友是有人格缺陷的，诗人这样写是不是溢美？其实莎士比亚是借着对爱友的歌颂，来表达他的人生的最高理想。这种理想正是欧洲文艺复兴时代人文主义思想的典型表现。

一〇六

我翻阅远古时代的历史记载，
见到最美的人物被描摹尽致，
美使得古代的诗歌也美丽多彩，
歌颂着以往的贵妇，可爱的骑士；
见到古人夸奖说最美的美人有
怎样的手足，嘴唇，眼睛和眉毛，
于是我发现古代的文笔早就
表达出来了你今天具有的美貌。
那么，古人的赞辞都只是预言——
预言了我们这时代：你的仪态；
但古人只能用理想的眼睛测看，
还不能充分歌唱出你的价值来：
　　至于我们呢，看见了今天的景象，
　　有眼睛惊讶，却没有舌头来颂扬。

译解

诗人追求关于古代美人的记载，发觉那些记载都是对于今日的爱友的预言。但古人的笔只预言了他爱友的美，不能预言他爱友的真与善。必须真、善、美三者都说到，才算“充分”地说到了他爱友的“价值”（第十二行）。即使是当代的人，也不能做到这一点。——第三、四行：我见到，美使得古代的诗歌因歌颂古代美人（贵妇和骑士）而成为优美的诗歌。第七行“古代的文笔”，参照第五九首第八行。

一〇七

梦想着未来事物的这大千世界的
预言的灵魂，或者我自己的恐慌，
都不能为我的真爱定任何限期，
尽管它假定要牺牲于命定的灭亡。
人间的月亮已经熬过了月蚀，
阴郁的卜者们嘲笑自己的预言；
无常，如今到了顶，变为确实，
和平就宣布橄榄枝要万代绵延。
如今，带着芬芳时节的涓滴，
我的爱多鲜艳，死神也对我臣服，
因为，不管他，我要活在这拗韵里，
尽管他侮辱遍黯淡无语的种族。
　　你，将在这诗中竖立起纪念碑，
　　暴君的饰章和铜墓却将变成灰。

译解

这是一首著名的“谜章”。注释家们对它有许多不同的解释。有人认为这首诗中的一些辞句影射着当时社会上发生的一些事件，如“人间的月亮”可能是指当时英国女王伊丽莎白；“熬过了月蚀”或指遭受了一次不幸的变故，或指遭到了死亡；“无常”（变动）、“和平”指当时的一些战争与和平。注释家们根据当时的历史事件来确定这首诗的写作年代，有从1579起逐年（或数年）推移到1609年的。现根据一种解释，试释如下：我自己的恐惧（怕爱友的美将消失，见第一〇四首），或者世界的预言的灵魂——在以往的贵妇和骑士身上预言你的美——见第一〇六首——因而也预言你的死亡），都不能使我对爱友的真爱限制在短短的时期里（即爱友一死，我的爱也结束）。黑暗和恐惧过去了，恶意的预言者（卜者）们发现他们的预言落空了。怀疑过去了，和平代替了不安。我心中的爱是永恒的，而且征服了死神，因为在我的诗里，我和你将得到永生。——第八行“橄榄枝”是和平的象征。第九行“芬芳时节的涓滴”可能指春雨。第十行“我的爱”既指我的爱友，亦可指我对他的爱。第十一行“他”指死神；“拗韵”指诗。第十二行：指死神侮辱坟墓中的死人。

一〇八

难道我脑子里还留着我半丝真意
能写成文字的，没有对你写出来？
能表达我的爱和你的美德的语文里
还有什么新东西要述说和记载？
没有，美少年；但是，像祈祷一般，
我必须天天把同样的话语宣讲；
“你是我的，我是你的。”不厌烦，
像当初我崇拜你的美名一样。
那么，我的爱就能既新鲜又永恒，
藐视着年代给予的损害和尘污，
不让位给那总要来到的皱纹，
反而使老年永远做他的僮仆；
　　尽管时光和外貌要使爱凋零，
　　真正的爱永远有初恋的热情。

译解

诗人已经在一切方面向他爱友用诗表明了自己的心，但仍须每日重复已说过的话，因为他的爱是永恒的。爱永远保持着爱最初产生时的热情，虽然时光和外貌似乎显示出爱已经衰亡。——第一至四行：诗人对他爱友的爱已经表达无余。第十三、十四行意或谓：在已经失去青春或失去青春的鲜艳的人们身上，仍然找到和青年人的爱一样热烈的爱情。

一〇九

啊！请无论如何别说我负心，
虽然我好像被离别减少了热力。
我不能离开你胸中的我的灵魂，
正如我也离不开自己的肉体；
你的胸腔是我的爱的家：我已经
旅人般流浪过，现在是重回家园；
准时而到，也没有随时光而移情，
我自己带水来洗涤自己的污点。
虽然我的品性中含有一切人
都有的弱点，可千万别相信我会
如此荒谬地玷污自己的品性，
竟为了空虚而抛弃你全部优美；
　　我说，广大的世界是空空如也，
　　其中只有你，玫瑰啊！是我的一切。

译解

诗人对他的爱友说，虽然他在别离的时期不能时常证明他对他爱友的爱，但他绝不会变心。假使诗人有过别种兴趣，但比之于对他爱友的爱来，就只能算是“空虚”和“空空如也”了。这首诗透露出诗人曾与爱友分离了一段时间，现在又回到爱友身边。——第三、四行参照第二四、三一首。第十三、十四行意谓：诗人的爱友对于诗人，等于全世界。第十四行“玫瑰”，参照第一首第二行。这首诗里，诗人承认自己有“污点”，要自己带水来洗涤污点。这种异乎寻常的自由，在莎士比亚十四行中是罕见的，也表现诗人的率真、坦诚，心地纯明。这样，作为抒情主人公的诗人性格得到多方面的、立体的表现，也使得诗人所歌颂的爱（友谊），从好事多磨的曲折道路中登上新的峰巅。

一一〇

唉！真的，我曾经到处地往来，
让自己穿上了花衣供人们赏玩，
嘲弄自己的思想，把珍宝贱卖，
用新的感情来冒犯旧的情感。
真的，我曾经冷冷地斜着眼睛
去看忠贞；但是，这一切都证实：
走弯路促使我的心回复了青春，
我历经不幸才确信你爱我最深挚。
一切都过去了，请接受我的无底爱：
我永远不会再激起我一腔热情
去追求新交，而把老朋友伤害，
老朋友正是拘禁了我的爱之神。
　　那么，我的第二个天国啊，请张开
　　你最亲最纯的怀抱，迎我归来！

译解

诗人承认道，他曾经与别人交往过，走过弯路，与爱友疏远过，但经验证明："你"仍是诗人最好的爱友。现在一切都过去了，诗人希望爱友仍然爱他。有的论者认为这首诗和下一首诗暗示了莎士比亚从事戏剧的生涯。——第二行："花衣"是一种小丑的服装。第三行："珍宝"似指诗人对爱友的感情联系。第四行意似是建立新交因而疏远了老朋友。第五至八行：诗人的一切经验（走弯路，与爱友疏远）证明："你"是诗人最好的爱友，这等于使诗人的心恢复了青春。"历经不幸"指与别人交往，那是不幸的经历。第十一行："老朋友"指爱友。第十二行：诗人的爱友等于是拘禁（即爱之不渝）诗人的丘比特即爱之神。第十三行：诗人称爱友为"我的第二个天国"。

一一一

请你为我去谴责命运吧，唉！
这让我干有害事业的罪恶女神！
除公共风习养育的公共方式外，
她不让我的生活有更好的前程。
因此我名字只得把烙印承受，
我的天性也大体屈服于我所
从事的职业了，好像染师的手：
那么，你该可怜我，巴望我复活，
而我像病人，心甘情愿地吞服
醋药来驱除我身上严重的疫病；
任何苦药我都不觉得它苦，
赎罪再赎罪，不当作两度苦行。
　　可怜我吧，爱友，我向你担保，
　　你对我怜悯就足够把我医好。

译解

诗人谴责了“命运”，因为她使诗人在舞台上谋生，这种职业在当时是并不受人尊重的，使诗人的天性因此受到压抑。诗人恳求他爱友可怜他，原谅他，而他自己则愿意承受任何痛苦来纠正以上的一切。他的爱友的怜悯，可以补救命运女神的过错。——第二行：“她”指命运，是主持诗人的事业（这事业对诗人有害）的女神。第三行：“公共方式”指在舞台上演剧的谋生方式，这必须依靠“公共风习”即公众看戏的风俗习惯及剧团对公众的号召力，才能成功。第五行：“烙印”指耻辱。第三、四行：命运使诗人在舞台上谋生，不给诗人准备更好的道路。第六、七行：诗人的天性也因此而差不多（不是完全）被自己所从事的职业所屈服了，像染师的手，从自己所从事的职业中，也就是从染缸里，染上了不是手原有的颜色。第九至十二行：诗人愿意忍受任何痛苦来纠正一切不幸。

一一二

你的爱和怜，能够把蜚语流言
刻在我额上的烙痕抹平而有余，
既然你隐了我的恶，扬了我的善，
我何必再关心别人对我的毁誉?
你是我的全世界，我必须努力
从你的语言来了解对我的褒贬；
别人看我或我看别人是死的，
没人能改正或改错我铁的观念。
我把对人言可畏的吊胆提心
全抛入万丈深渊，我的毒蛇感
对一切诽谤和奉承都充耳不闻。
请看我怎样开脱我这种怠慢：
　　你这样根深蒂固地生在我心上，
　　我想，全世界除了你都已经死亡。

译解

诗人的爱友已答允了诗人的请求，欢迎了诗人的归来，并信任了诗人的忠贞。他对诗人的爱与怜，医好了诗人的一切创伤，诗人不再理睬别人怎样想和说了。世界，在诗人看来，是死的了。——第一、二行：诗人的爱友对诗人的爱与怜，医好了诗人的创伤，那创伤是流言所害的。第五行："全世界"都在说诗人闲话，但如今诗人把爱友当作"全世界"，则爱友一人即可对诗人下结论了。第七、八行：这两行是直译。其含义是：除了你，我觉得全世界（别人）都不再存在（死的）。在我的感觉中，别人（世界）也不感到我的存在（把我看成是死的），只有你能够改变（无论改对还是改错）我的固定的观念。第十行："我的毒蛇感"原文为my adder' s sense。adder是蝰蛇，一种小毒蛇。这里指耳聋，"聋如蝰蛇"。第十二至十四行：诗人解释自己为什么如此傲慢地对待世人的毁誉（充耳不闻）：爱友与诗人的思想结合得如此紧密，诗人对整个世界（除了爱友）都感觉不到了（不再成立，已经死亡），因此当然不会注意到世人对自己的褒贬了。

一一三

离开你以后，我眼睛住在我心间；
于是这一双向导我走路的器官
放弃了自己的职责，瞎了一半，
它好像在看，其实什么也不见；
我的眼睛不给心传达眼睛能
认出的花儿鸟儿的状貌和形体；
眼前闪过的千姿万态，心没份，
目光也不能保住逮到的东西；
只要一见到粗莽或旖旎的景色，
一见到迷人的面容，丑陋的人形，
一见到山海，日夜，乌鸦或白鸽，
眼睛把这些全变成你的面影。
　　心中满是你，别的没法再增加，
　　我的真心就使我的眼睛虚假。

译解

诗人说，自从他（诗人）离开爱友之后，他日夜思念爱友，以致他的眼

睛什么也看不见，而只见到爱友的形状了。因此，他对爱友的专注的心使他的眼睛看不真实了。——第一行：参照第四七首第七行。第二行：“向导我走路的器官”指眼睛。第一至四行：诗人与爱友分别后，诗人的眼睛中全是爱友的影子，这无异于说眼睛放弃了把它接受来的形象忠实地传达给大脑（心）的职责。第五、六行：眼睛只见到爱友的影子，因而不能把它所接触到的形象传达给心。第八行：眼睛连自己所看到的东西也不能久留，其原因见第九至十二行。

一一四

是我这颗把你当王冠戴的心
一口喝干了帝王病——喜欢阿谀？
还是，我该说，我的眼睛说得真，
你的爱却又教给了我眼睛炼金术——
我眼睛就把巨怪和畸形的丑类
都改造成为你那样可爱的天孩，
把一切劣质改造成至善至美——
改得跟物体聚到眼光下一样快？
啊，是前者；是视觉对我的阿谀，
我这颗雄心堂皇地把阿谀喝干：
我眼睛深知我的心爱好的食物，
就备好这一杯阿谀送到他嘴边：
　　即使是毒杯，罪恶也比较轻微，
　　因为我眼睛爱它，先把它尝味。

译解

诗人问：这种古怪局面（指上一首中所述）究竟何由？是由于“对我的

阿谀”（第一、二行）抑或由于爱友的爱教了诗人的眼睛以“炼金术”（第三至八行）？诗人认为是由于前者，即“视觉对我的阿谀”，即使这阿谀有毒，他也要一饮而尽。所谓视觉对我的阿谀，指眼睛把各种东西的形象全变成爱友的可爱形象。阿谀是使人舒服的但又是虚伪的。所谓炼金术，指爱友的爱或诗人对爱友的爱使诗人的眼睛具有一种法术，能把见到的一切低劣的东西真的变成美好的东西（像爱友那样）。炼金术被认为能把一般金属变为真金。——第二行“帝王病”：人们往往在帝王面前粉饰真实的情况。第六行：“天孩”是天使之一种。第十二行：“他”指“心”。第十四行：“它”指杯中物即“阿谀”。

一一五

我以前所写的多少诗句，连那些
说我不能够爱你更深的，都是谎；
那时候我的理智不懂得我一切
热情为什么后来会烧得更明亮。
我总考虑到：时间让无数事故
爬进盟誓间，变更帝王的手令，
丑化天仙美，磨钝锋利的意图，
在人事嬗变中制服刚强的心灵，
那么，唉！惧怕着时间的暴行，
为什么我不说，“现在我最最爱你”——
既然我经过不安而已经安定，
以目前为至极，对以后尚未可期？
　　爱还是婴孩；我不能说出这句话，
　　好让他继续生长，到完全长大。

译解

诗人说，他过去所写的说他对爱友爱之已极的诗，都是谎言（虽然不是有意的），因为他现在爱得又更深了。诗人想到了时间的毁灭一切的力量，于是问道：难道他不能说他现在最爱对方吗？他不能说。因为爱还是个婴孩，还没有完全长大，如果说了这句话，就会阻碍这婴孩继续成长。——第二行："不能够爱你更深"指爱已到极点。第五行："事故"指时间毁灭事物因而使盟誓成为过去的事故。第十三行："爱还是婴孩"，暗示爱神丘比特；"这句话"指第十行中的"现在我最最爱你"。第十三、十四行：意谓如此讲了便不能使那在生长中的婴孩（爱）完全长大。

一一六

让我承认，两颗真心的结合
是阻止不了的。爱算不得爱，
要是人家变心了，它也变得，
或者人家改道了，它也快改。
不啊！爱是永不游移的灯塔光，
它正视风暴，绝不被风摇撼；
爱是一颗星，它引导迷航的桅樯，
其高度可测，其价值却无可计算。
爱不是时间的玩偶，虽然红颜
到头来总不被时间的镰刀遗漏；
爱决不跟随短促的韶光改变，
就到灭亡的边缘，也不低头。
　　假如我这话真错了，真不可信赖，
　　算我没写过，算爱从来不存在！

译解

诗人在这里宣称：爱的不渝与忠贞，可以征服时间。——第三、四行：

指对方有变时爱就同时消失的现象。第五行“标志”指灯塔。第七行：“星”指北极星。第十二行：“灭亡”指最后审判。第十三、十四行：诗人说，如果他所说的爱能够征服时间的话不是真理，那么他将收回他所写的一切关于爱的忠贞的作品，世界上也没有人真正相爱过。诗人把真正的爱比作暴风雨中的灯塔，之后又比作指导航向的北极星。诗人指出，指导生活前进的是爱（友谊）本身而不是所爱的人（朋友）。这个细微的区别表明诗人强调的是爱的双方的协调与融合：“两颗真心的结合”。之后，莎士比亚对爱的歌颂又提高了一步，他指出：爱能征服时间。在莎士比亚十四行中，多次提出，能征服时间的是两种力量：即人的后裔（子孙）和人们的创作（诗歌艺术）。这两者都是具体事物。而在这首诗里，诗人又加上一种力量，却是抽象的精神力量：爱，或者说，对爱的信仰。这样，莎士比亚对爱的歌赞就达到了新的高度。

一一七

你这样责备我吧；为的是我本该
报你的大恩，而我竟无所举动，
每天我都有义务要回报你的爱，
而我竟忘了把你的至爱来称颂；
为的是，我曾和无聊的人们交往，
断送你宝贵的友谊给暂时的机缘；
为的是，我扬帆航行，让任何风向
把我带到离开你最远的地点。
请你记录下我的错误和任性，
有了凭证，你就好继续推察；
你可以带一脸愠怒，对我瞄准，
但是别唤醒你的恨，把我射杀：
　　因为我的诉状说，我确曾努力于
　　证实你的爱是怎样忠贞和不渝。

译解

诗人自愿受爱友的责备。诗人承认他曾犯过错误，承认自己的任性与过失。但他最后声明：他做这些是为了证明对方究竟爱不爱他。——第一行：诗人愿受爱友之责，从第一行“为的是”开始至第八行止，都是说明愿受责备的原因。第六行：“暂时的机缘”指与“无聊的人们”的交谊。第十行：许多事实已证明你的疑惑有理，请再疑惑别的吧。第十二行：但请不要用恨我来伤害或惩罚我。第十三、十四行：诗人为自己辩护，说，他是故意那样做，来考验他爱友的爱的。参阅第一〇〇首第一至十二行。

一一八

好比我们要自己的食欲大增，
就用苦辣味儿去刺激舌头，
好比我们要预防未发的病症，
就吃下泻药，跟生病一样别扭，
同样，吃厌了你的甘美（其实
永远吃不厌），我就把苦酱当食粮，
厌倦了健康，就去得病，说是
这样才舒服，其实不需要这样。
这样，为了预防未发的病痛，
爱的策略就成了确定的过失：
把十分健康的身心投入医药中，
使它餍足善，反要让恶来医治。
　　但是，我因此学到了真正的教训：
　　药，毒害了对你厌倦的那个人。

译解

诗人曾经常与别人来往，把这种往来当作药剂；现在诗人发觉，这种往来不但不需要，而且是有害的。——第四行：服通便剂以驱邪，使自己像生了病一样。第九、十行：诗人预先防备自己对爱友的爱会满而溢，盈而亏，这是非常不智的；正如在健康时服药以防病，适得病毒。第十二行：“它”指第十一行中的“健康的身心”。第十四行：与“无聊的人们”的交往使诗人处于更坏（比之于与爱友交往时的单调感）的境地。

一一九

我曾经喝过赛人的眼泪的毒汤——
像内心地狱里蒸溜出来的污汁，
使我把希望当恐惧，恐惧当希望，
自以为得益，其实在不断地损失！
我的心犯过多么可鄙的过错，
在它自以为无比幸福的时光！
我的双目曾怎样震出了圆座，
在这种疯狂的热病中恼乱慌张！
恶的好啊！现在我已经明了，
善，的确能因恶而变得更善：
垮了的爱，一旦重新建造好，
就变得比原先更美，更伟大、壮健。
　　因此，我受了谴责却归于自慰，
　　由于恶，我的收获比耗费大三倍。

译解

诗人与那些“无聊的人们”（第一一七首第五行）即“苦酱”（第一一八

首第六行）的交往，等于是“赛人”的眼泪的毒汤，诗人喝下了就受到大害，变得狂乱。但自从诗人与其爱友言归于好之后，诗人对他的爱反因而变得更美，更伟大与健壮了。——第一行：“赛人”是Siron的音译，这是希腊神话中一种害人的女妖。第三至六行：诗人获得了与别人的友谊，而其实是受了害。第七、八行：我的眼睛曾在我的热病的突发中痉挛地脱出了眼窝。“圆座”指眼窝，“热病”指友谊或爱，参照第一四七首第一行。第九至十二行：善因克服了恶而更善，爱由于克服了危机而更巩固。

一二〇

你对我狠过心，现在这对我有帮助；
想起了从前我曾经感到的悲伤，
我只有痛悔我近来犯下的错误，
要不然我这人真成了铁石心肠。
如果我的狠心曾使你震颤，
那你已度过一段时间在阴曹；
我可是懒汉，没匀出空闲来掂一掂
你那次肆虐给了我怎样的苦恼。
我们不幸的夜晚将使我深心里
牢记着：真悲哀怎样惨厉地袭来，
我随即又向你（如你曾向我）呈递
谦卑的香膏去医治受伤的胸怀！
　　你的过失现在却成了赔偿费，
　　我的赎你的，你的该把我赎回。

译解

诗人认为：他爱友过去曾对诗人冷淡过这件事，现在对诗人有用处，可以用来抵消诗人最近对他爱友冷淡这件事。——第二行："从前"指第一行"你对我狠过心"的时候。第三行："错误"指诗人最近对爱友的冷淡无情。这两行意谓诗人通过了过去受苦的经验而了解自己使对方受苦的程度。第六行："一段时间在阴曹"请参照第五八首第十三行。第七、八行：这两个实际上意味着：诗人自称没有从自己的痛苦中设身处地地去感受爱友的痛苦。第九行："不幸的夜晚"可能是指一个时期，也可能是指第一夜。第十一、十二行意思是：接着我又立刻向你谦卑地道歉，正如你那一次立刻谦卑地向我道歉一样。第十三、十四行：诗人的爱友昔日对诗人的无情，成为一笔赔偿费，诗人可以用它来赎出诗人今日对爱友的无情，有如双方交换俘虏一般。第十四行中"我的"与"你的"之下，均省略了"过失"。

一二一

宁可卑劣，也不愿被认为卑劣，
既然无辜被当作有罪来申斥；
凭别人察看而不是凭本人感觉
而判为合法的快乐已经丢失，
为什么别人的虚伪淫猥的媚眼
要向我快乐的血液问候，招徕？
为什么懦夫们要试探我的弱点，
还把我认为是好的硬说成坏？
不。——我始终是我；他们对准我
詈骂诽谤，正说明他们污秽：
我是正直的，尽管他们是歪货；
他们的脏念头表不出我的行为，
　　除非他们敢声言全人类是罪孽，——
　　人都是恶人，用作恶统治着世界。

译解

这是一首难解的十四行诗。有人认为它的主题是关于当时人们对戏剧的偏见，有人认为是某种对诗人或对爱友的诽谤。这里不妨假定：诗人因受到别人诽谤而苦恼着。他说，真正卑劣倒比被视为卑劣好些，因为应该被诽谤，就不是无辜的了。被人称赞是一种快乐，对于一个正直的人来说，这是合法的享受。如果正直的人被诽谤了，他就失去了这种快乐。为什么坏人要用他们自己的尺度来衡量诗人呢？——第三、四行：被当作卑劣者失去了被人称赞这一合法的快乐，人们认为它合法，是凭人们的看法而不是凭本人的知觉。第五、六行：为什么淫猥的人们要对我快乐的血液（情欲）加以引诱？第七、八行：我没有做错什么事，只是，比我更脆弱（易于做坏事）的人们来窥探了我的弱点，并对我做了错误的判断。

一二二

你赠送给我的手册里面的一切，
已在我脑子里写明，好留作纪念，
这一切将超越手册中无用的篇页，
跨过所有的时日，甚至到永远：
或至少坚持到我的脑子和心
还能借自然的功能而生存的时候，
只要这两者没把你忘记干净，
关于你的记载就一定会保留。
可怜的手册保不住那么多的爱，
我也不用筹码把你的爱累计；
所以我斗胆把那本手册丢开，
去信托别的手册，更好地拥抱你：
　　要依靠拐杖才能够把你记牢，
　　无异于表明我容易把你忘掉。

译解

诗人的爱友曾赠诗人以手册，而诗人在与爱友别离的时期，可能把它丢了。这里诗人解释道：他并不需要手册来保持对爱友的记忆，因为手册中所写的都已写在他脑中了。（诗人曾赠爱友以同样的纪念物，见第七十七首。）——第一至四行：手册上的一切，都已铭刻在诗人的记忆中了。第五至八行：至少当诗人活着的时候，当诗人的脑子还有记忆力时，诗人将始终记着爱友："两者"指脑子和心。第十行："筹码"（tallies）是古时用来帮助记账的籤条，此处比作手册。第十二行：别的"更好地拥抱你"的手册，指诗人的脑子或记忆。

一二三

不！时间啊，你不能夸说我在变：
你有力量重新把金字塔建起，
我看它可并不稀奇，并不新鲜；
那是旧景象穿上新衣裳而已。
我们活不长，所以我们要赞扬
你鱼目混珠地拿给我们的旧货；
宁可使它们合乎我们的愿望，
而不想：我们早听见它们被说过。
我是瞧不起你和你的记载的，
也不惊奇于你的现在和过去；
因为那由你的长跑编造出来的
记载和我们见到的景象是骗局：
　　我这样断言，以后将始终如此，
　　不怕你跟你的镰刀，我永远忠实。

译解

诗人又向“时间”挑战了，说他（诗人）不会变。重复着“循环说”（见第五九首“译解”），诗人宣称他懂得：事物看来是旧的去新的来，但我们之所以有这种感觉，只是因为我们的生命太短之故。其实一切事物都在循环中周而复始。“时间”及其记载在不停的长跑中把旧事物骗人说是新事物，但诗人认清了“时间”是什么，轻视了“时间”的力量，而坚持于保持自己的忠实。这首诗中的“你”指“时间”。参阅第六四首。——第七行：宁可把它们当作我们希望见到的新事物。

一二四

假如我的爱只是权势的孩子，
它会是命运的私生儿，没有爸爸，
它将被时间的爱或憎任意处置，
随同恶草，或随同好花被摘下。
不，它建立了，同偶然毫无牵挂；
在含笑的富贵面前，它沉得住气，
被压制的愤懑的爆发也打不垮它，
尽管这爆发已成为当代的风气。
权谋在租期很短的土地上干活，
对于这位异教徒，它毫不畏惧。
它不因天热而生长，不被雨淹没，
它只是巍然独立，且深谋远虑。
　　我唤那为一善而死、为众恶而生、
　　被时间愚弄的人来为此事作证。

译解

这也是一首难解的十四行诗。可能是这样的意思：诗人对爱友的爱，并不是因为后者有权势而产生的，否则这爱就会随时光变化了。诗人对爱友的爱是远离时间的“无数事故”（见第一五首第五行）的，任何暂时的事物都不能影响它。——第一行：“爱”指诗人对爱友的爱。第一至四行：假如诗人对爱友的爱是由于媚悦权势之故，那么只要对方的荣华一去，这爱也就不存在了，时间就要来刈割它，时间的爱会把它当香花采去，时间的憎会把它当恶草采去。第二行以下的“它”均指第一行中的“我的爱”。第七、八行：诗人对爱友的爱不变。第九、十行：“权谋”为了自己的利益而处心积虑，具有这种心理状态的人是没有真正的信仰、是不相信真正的爱的，所以是异教徒（基督徒口中的贬词）。这种异教徒像一位租借短期的土地的人，为了目前的利益而在他租用的时间内耗尽地力。第十二行：深谋远虑，为了爱的永恒。第十四行：“被时间愚弄的人”指能被时间任意左右的人，他们一生是罪恶的，只有他们的死是善事，因为消灭了恶，故他们不能征服时间。他们死了，所以具备了为诗人的永恒的爱作证的条件：易变者是要早日被时间消灭的。

一二五

我举着华盖，用表面的恭维来撑持
你的面子，这对我有什么好处？
为永久，我奠下伟大的基础——它其实
比荒芜为期更短，这也是何苦？
难道我没见过仪表和容貌的租用者
付太多租钱，反而把一切都丢光？
可怜的贪利人，老在凝视中挥霍，
弃清淡入味，只追求浓油赤酱！
不；——让我在你心中永远不渝，
请接受我贫乏然而率真的贡礼，
它没有羼杂次货，也不懂权术，
只不过是我向你回敬的诚意。
　　滚开，假证人，告密者！你愈陷害
　　忠实的灵魂，他愈在你控制以外。

译解

接上一首。诗人对爱友说：“如果我像侍从那样，为你持着华盖，当一名‘容貌的租用者’，把我的希望托付给你的美貌，这对我有什么真正的好处呢？难道我不知道，这样做的人失去了他们曾经有过的一切和希望得到的一切？我的爱是不必拿去公开表现的，它所追求的也不是别的，只是爱的回报。”我们是否可以这样假设：“假证人”（第十三行）曾非难莎士比亚，说他在大庭广众之下怠慢了他的爱友；于是诗人申言：他的爱不是基于对方的美貌，不会随对方美貌的衰败而消退，他的爱是纯粹为爱的爱。——第三、四行：可能是指诗人过去写了不少十四行诗说爱友的美将长驻，可是现在它已经凋败了。第五、六行：他们不再爱，甚至讨厌。他们的作为与诗人恰恰相反。第七、八行：“贪利人”指第五行中的“租用者”，他们“凝视”着对方的美貌，为此而付出很大的代价（挥霍）。“清淡入味”指纯真的爱，“浓油赤酱”指对美貌的迷恋。第九行：让我的爱表现在真心里，而不表现在礼仪上。第十、十一行：诗人献给爱友的贡礼，即爱，是纯而不杂的，是赤忱的；它所期望的只是爱的回报。第十三行：“告密者”可参照第一二一首第七行中的“懦夫们”。

一二六

可爱的孩子呵，你控制了易变的沙漏——
时光老人的小镰刀——一个个钟头；
在衰老途中你成长，并由此显出来
爱你的人们在枯萎，而你在盛开！
假如大自然，那统治兴衰的大君主，
见你走一步，就把你拖回一步，
那她守牢你就为了使她的技巧
能贬低时间，能杀死渺小的分秒。
可是你——她的宠儿啊，你也得怕她；
她只能暂留你、不能永保你作宝匣。
　　她的账不能不算清，虽然延了期，
　　她的债务要偿清，只有放弃你。

译解

这首诗其实只有六对偶句（couplet），共十二行而不是一首十四行诗。这里，诗人警告他的爱友说，虽然现在由于自然的帮助，他能握有时间给他的一切美，但他仍须留心；因为自然的能力也受时间支配，到最后，她也不得不放弃她最心爱的宝贝。——第一行："孩子"，对方在诗人眼中仍然年轻；"沙漏"及第二行中的"小镰刀"指时间之易变与不留情，现在这些东西在他爱友的掌握之中，即他爱友的美不易衰颓。第三行：爱友在时间的进程中不但没有衰老，反而长得更美了。第五至八行：自然所以守牢他的爱友，就为了要与时间挑战；证明时间对他爱友是不能加以损害的。第六行：用维持爱友的美而拖住他。第七、九、十等行中的"她"指第五行中的"大自然"。第十至十二行：自然不能永远守牢他的爱友，她最后总得向时间低头，把他的爱友交付与时间。这是诗人写给爱友的一系列十四行诗的最后一首，也是这一百二十六首诗的结语。有的论者猜测说，因为这是诗人献给爱友的最后一首诗，所以变了章法。

一二七

在往古时候，黑可是算不得美色，
黑即使真美，也没人称它为美，
但是现在，黑成了美的继承者，
美有了这个私生子，受到了诋毁：
自从每个人都僭取了自然的力量，
把丑变作美，运用了骗人的美容术，
甜美就失去了名声和神圣的殿堂；
如果不活在耻辱中，就受尽了亵渎。
因此，我情人的头发像乌鸦般黑，
她的眼睛也穿上了黑衣，仿佛是
在哀悼那生来不美、却打扮成美，
而用假美名侮辱了造化的人士：
　　她眼睛哀悼着他们，漾着哀思，
　　教每个舌头都说，美应当如此。

译解

从这一首起，开始了另一系列的十四行诗，这些诗是讲到或献给一位黑

（褐）肤、黑发、黑眼的女郎的。这一个系列到一五二首为止。一诗人说，过去，丑是不被认为（至少是不被称为）美的，而现在，丑由于化妆（脂粉）而使人看上去觉得“美”，从而进入了美的王国，这就使真美受到了羞辱以至亵渎。于是，诗人的爱人的黑眼睛，就为那些涂脂抹粉之辈哀悼。西人在丧礼时穿黑衣。诗人因为她（爱人）并不涂抹，于是认为所谓美，应当这样，即应当是黑色的，与她的眼睛相配。——第一行“美”原文为fair，除解释为“美”外亦可解释为“白皙”。第三行“黑”不一定指女郎的肤色而是泛指丑。第九行：参照第一三〇首第三行；当时崇尚金发，以黑发为不美。第十三行：“哀思”指眼睛中的黑色。

一二八

我的音乐呵，你把钢丝的和声
轻轻地奏出，教那幸福的键木
在你可爱的手指的按捺下涌进
一连串使我耳朵入迷的音符，
我就时常羡慕那轻跳着去亲吻
你那柔软的指心的一个个键盘，
我的嘴唇，本该刈割那收成，
却羞站一边，眼看键木的大胆；
受了逗引，我的嘴唇就巴望
跟那些跳舞的木片换个处境；
你的手指别尽漫步在木片上——
教死的木片比活的嘴唇更幸运。
　　孟浪的键盘竟如此幸福？行，
　　把手指给键盘、把嘴唇给我来亲吻！

译解

诗人的情人时常弹奏“维琴纳儿”琴（Virginal；，流行于16世纪欧洲的一种小键琴），诗人非常妒羡那琴上的键，他曾希望变作琴键去吻那女郎的手指，但现在他宁可做一个男子去吻他情人的嘴唇。有人怀疑这一首是不是莎士比亚的作品。——第一行“我的音乐”是诗人对女郎的称呼，请参看第八首第一行及第一三〇首第九、十行。第十、十一、十二行“木片”指键盘。

一二九

生气丧失在带来耻辱的消耗里，
是情欲在行动；情欲还没成行动
已成过失，阴谋，罪恶，和杀机，
变得野蛮，狂暴，残忍，没信用；
刚尝到欢乐，立刻就觉得可鄙；
冲破理智去追求；到了手又马上
抛开理智而厌恶，像吞下诱饵，
放诱饵，是为了促使上钩者疯狂；
疯狂于追求，进而疯狂于占有；
占有了，占有着，还要，绝不放松；
品尝甜头，尝过了，原来是苦头；
事前，图个欢喜；过后，一场梦：
　　这，大家全明白；可没人懂怎样
　　去躲开这座引人入地狱的天堂。

译解

这是一首强有力的十四行诗。似乎是独立存在的。至少看不出它与前面和后面的诗歌有什么明星的联系，虽然它与其他诗有着深刻的内在联系。此时是诗对耽于肉欲者的指斥，但不仅仅是。细看诗的内容，可以体会到：莎士比亚的矛头指向的，是一切情欲、财欲、名欲、权欲和贪求者，因此也是指向更多深广的社会现象。最后两行以经警的笔墨，深刻揭示了人类的某种普遍弱点，使人感到惊心动魄。这首诗由于它的震聋发聩的作用，在莎士比亚全部十四行诗中占有特殊的地位。

一三〇

我的情人的眼睛决不像太阳；
红珊瑚远远胜过她嘴唇的红色：
如果发是丝，铁丝就生在她头上；
如果雪算白，她胸膛就一味暗褐。
我见过玫瑰如缎，红里透白，
但她的双颊，赛不过这种玫瑰，
有时候，我的情人吐出气息来，
也不如几种熏香更教人沉醉。
我挺爱听她说话，但我很清楚
音乐会奏出更加悦耳的和音；
我注视我的情人在大地上举步，——
同时我承认没见到女神在行进；
　　可是，天作证，我认为我情人比那些
　　被瞎比一通的美人儿更加超绝。

译解

别的诗人们把他们的爱人比喻得天花乱坠，但莎士比亚说，他的爱人并没有那种被说得天花乱坠的美，虽然，他觉得事实上他的爱人真美。——第三行：参照第一二七首第九行。第四、六行：女郎的肤色为褐（黑）。第十三、十四行：参照第二一首。

一三一

有些人，因为美了就冷酷骄横，
你这副模样，却也同样地横暴；
因为你知道，我对你一片痴情，
把你当作最贵重、最美丽的珍宝。
不过，真的，有人见过你，他们说，
你的脸不具备使爱叹息的力量；
我不敢大胆地断定他们说错，
虽然我暗自发誓说，他们在瞎讲。
而且，我赌咒，我这绝不是骗人，
当我只念着你的容貌的时刻，
千百个叹息联袂而来作见证，
都说你的黑在我看来是绝色。
　　你一点也不黑，除了你的行径，
　　就为了这个，我想，谣言才流行。

译解

诗人对他的爱人说，她似乎真算是美人，竟对他那么骄横；其实，她不过知道他溺爱着她而已。有人说，她并没有迷人的魅力；诗人不敢否定这种看法，但他暗自肯定着自己的看法：即她虽然黑（不白），却是美极了。诗人认为，她的容貌并不黑，只是行为（良心）太黑，大概就为了这个，别人才说她不美的。——第二行："你这副模样"指肤色黑，被认为不美。第十一行："叹息"用了拟人法。第十四行："谣言"指第六行中的话。

一三二

我爱你眼睛；你眼睛也在同情我，
知道你的心用轻蔑使我痛心，
就蒙上黑色，做了爱的哀悼者，
对我的痛苦显出了姣好的怜悯。
确实，无论是朝阳在清晨出现，
很好地配上了东方灰色的面颊，
还是阔大的黄昏星迎出傍晚，
给西方清冷的天空添一半光华，
都不如你两眼哀愁配得上你的脸：
既然悲哀使你美，就让你的心
也跟你眼睛一样，给我以哀怜，
教怜悯配上你全身的每一部分。
　　对了，美的本身就是黑，我赌咒，
　　而你的脸色以外的一切，都是丑。

译解

女郎的眼睛是黑色，而黑色是哀悼（或怜悯）之色，于是诗人假想说，他情人的眼睛知道了诗人因遭受了她的心的轻蔑而痛苦着，因而蒙上黑色而为诗人哀伤。诗人认为她的黑色的眼睛与她的容貌非常相称，美极了，比太阳在东方或黄昏星在西天更美；于是诗人希望她的心也能为他悲哀；怜悯他（即爱他），因为悲哀使她美丽。——第五至八行：参阅第二一首。第十二行：暗示女郎的肤色。比较：莎士比亚的喜剧《仲夏夜之梦》第五幕第一场中台词："情人，同样是那么疯狂，能从埃及人的黑脸上看见海伦。"

一三三

将那颗使我心呻吟的狠心诅咒！
那颗心使我和我朋友受了重伤；
难道教我一个人受苦还不够，
一定要我爱友也受苦，奴隶那样？
你满眼冷酷，把我从我身夺去；
你把那第二个我也狠心独占；
我已经被他、我自己和你所背弃，
这样就承受了三重三倍的苦难。
请把我的心在你的钢胸里押下，
好让我的心来保释我朋友的心；
无论谁监守我，得让我的心守护他；
你就不会在狱中对我太凶狠；
　　你还会凶狠的；因为，关在你胸膛内，
　　我，和我的一切，你必然要支配。

译解

诗人曾向女郎求爱未遂，但仍有希望。现在诗人责备她，因为她又在使

诗人的朋友苦恼了。诗人愿意挺身而出，保释朋友，不过诗人自己必须受监禁。于是诗人就受到了朋友、女郎和他自己三方面的背弃。——第六行："第二个我"指诗人的朋友。第五行：参看第一三二首第一、二行。第六行："第二个我"指诗人的朋友。第七行：被"我自己"背弃，因为诗人与他的朋友是一体。参看第四二首第十三行。第八行："三倍的苦难"原指苦难多；三重三倍（即九倍）是因为上一行指出诗人受到三个人的背弃。第八行：参看第四二首。第九行："钢胸"指女郎的铁石心肠。第十一行：无论谁做监守我的狱卒，总得让我的心来守护我朋友（或做保护我朋友的房子），使他不受监禁的痛苦，而我自己可以受监禁的痛苦。"他"指朋友。第"十三、十四行：诗人既然被关在女郎胸中，诗人心中的一切（包括朋友在内）也就都在女郎胸中了，女郎对诗人的任何粗暴，都会使朋友感到。

一三四

现在，我已经承认了他是属于你，
我自己也已经抵押给你的意愿；
我愿意把自己让你没收，好教你
放出那另一个我来给我以慰安；
你却不肯放，他也不希望获释，
因为，你真贪图他，他也重感情；
他像个保人那样在契约上签了字，
为了开释我，他自己被牢牢监禁。
你想要取得你的美貌的担保，
就当了债主，把一切都去放高利贷，
我朋友为我负了债，你把他控告；
于是我失掉他，由于我无情的伤害。
　　我已经失掉他；你把他和我都占有；
　　他付了全部，我还是没得自由。

译解

诗人用很多法律上的比喻说明：女郎用她的美征服了诗人和诗人的朋友两

个人。诗人自愿被监禁，借以换得他朋友的自由，但他朋友反而愿意为诗人做保人，因而受了牵累，也被监禁了。于是两个人都成了女郎的俘虏。“你”指女郎，“他”指朋友，“我”，诗人。——第四行：“另一个我”指诗人的朋友。第七、八行：意思是其实他可以不被监禁的，但他为了保释诗人，在契约上签了名，这契约就决定了他之被女郎监禁。第九行：“担保”指债权人向债务人所取的担保品，此处指别人对女郎的爱情，因为既有人爱她，即证明了她是美的；因此别人对她的爱情就称作她的“美貌的担保”。第十行：女郎把自己所有的“美”都借出去，以换取别人对自己的迷恋——利钱。第十四行：作为保人，他为诗人承担了债务；但是女郎要两个人（保人和债务人）都偿付欠款。

一三五

只要女人有心愿，你就有主意，
还有额外的意欲、太多的意向；
我早已餍足了，因为我老在烦扰你，
加入了你可爱的意愿里，就这样。
你的意念广而大，你能否开恩
让我的意图在你的意念里藏一藏？
难道别人的意图你看来挺可亲，
而对于我的意图就不肯“赏光”？
大海，满是水，还照样承受天落雨，
给它的贮藏增加更多的水量；
你富于意欲，要扩大你的意欲，
你得把我的意图也给添加上。
　　别让那无情的“不”字把请求人杀死，
　　认诸愿为一吧，认我为其中一“意志”。

译解

这首诗与下一首诗都是著名的“谜章”。这首诗中的“主意”“意愿”“意向”“意念”“意图”“意欲”“意志”，都是译will一字，这个字的含义相当复杂，又有双关甚至更多的意义，译文是很难传达的。（按：will一字即莎士比亚的名字William，注释家们又举出许多与莎士比亚有关的人的名字也是William，而说这个字不但双关而已。这样写法是当时流行的一种文字游戏。）这里，诗人恳求女郎容纳诗人对她的爱，希望她勿拒绝。——第四行：“可爱的意愿”指女郎所思慕的人们。

一三六

假如你灵魂责备你，不让我接近你，
就对你灵魂说我是你的威尔，
而威尔，你灵魂知道，是可以来的；
这样让我的求爱实现吧，甜人儿！
威尔将充塞于你那座爱的仓库，
用威尔们装满它，我这个威尔算一个，
我们容易在巨大的容量中看出，
千百个里边，一个可不算什么。
千百个里边，就让我暗底下通过吧，
虽然，我必须算一个，在你的清单里；
请你来管管这不能算数的我吧，
我对你可是个甜蜜的算数的东西：
　　只消把我名儿永远当爱巴物儿；
　　你也就爱我了，因为我名叫威尔。

译解

诗人仍在这里做will这个字的文字游戏，而且其意义更加复杂。译者在前一首中用“意愿”等七个带“意”字的概念（词儿）来译will一字；而这首诗改变译法，把Will音译成“威尔”。读者可以把“思念”“意图”“愿望”“意志”“意欲”等意义代入音译的“威尔”二字中去，同时不要忘记威尔又是诗人的名字。——第九至十二行：诗人在女郎心中虽不被重视，但总得被当作一点什么。第十三、十四行：诗人恳求女郎先爱“威尔”这个名字，然后她就会爱诗人了，因为诗人的名字就是威尔。

一三七

瞎眼的笨货，爱神，对我的眼珠
你做了什么，使他们视而不见？
它们认识美，也知道美在哪儿住，
可是，它们把极恶当作了至善。
假如我眼睛太偏视，目力多丧失，
停泊在人人都来停泊的海港里，
何以你还要凭我的糊涂眼造钩子，
紧紧钩住了我的心灵的判断力？
我的心，明知道那是世界的公土，
为什么还要把它当私有领地？
难道我眼睛见了这一切而说不，
偏在丑脸上安放下美的信义？
　　我的心跟眼，搞错了真实的事情：
　　现在就委身给专门骗人的疫病。

译解

这首诗中的第二人称“你”均指爱神（也就是爱情）。诗人抱怨“爱神”，因为爱使诗人的眼睛不能尽职；诗人本来很知道美是什么，美在哪儿，有诗人献给他爱友的许多十四行诗可资证明；但现在竟相信最坏的是最好的了。女郎有种种坏处，而且不美（即不白），但是诗人竟爱上了她。这是诗人的眼睛出了毛病的缘故。参照第一一三首。——第一行：传说爱神是盲的。第二、三、四行："它们"指诗人的眼睛。第四行：把不美的女郎当作美的。第六行："海港"指女郎，"停泊"意即不航行，亦即不爱别人只爱这个女郎，而她又是许多人所追求的。第七、八行：为什么你造出了钩子，通过我那变为讹误了的眼睛，把我的理智束缚住了？亦即：为什么爱要强迫诗人的理智跟随诗人的眼睛去奉承女郎？第十三、十四行：诗人的心和眼睛过去把真理（忠实）当谎言，现在又把虚伪当真理（忠实）。

一三八

我爱人起誓，说她浑身是忠实，
我完全相信她，尽管我知道她撒谎；
使她以为我是个懵懂的小伙子，
不懂得世界上各种骗人的勾当。
于是，我就假想她以为我年轻，
虽然她知道我已经度过了盛年，
我痴心信赖着她那滥嚼的舌根；
这样，单纯的真实就两边都隐瞒。
但是为什么她不说她并不真诚？
为什么我又不说我已经年迈？
啊！爱的好外衣是看来信任，
爱人老了又不爱把年龄算出来：
　　所以，是我骗了她，她也骗了我，
　　我们的缺陷就互相用好话瞒过。

译解

诗人和他的情人互相隐瞒了自己的弱点，而这弱点是对方知道的，只是不说穿。这里，诗人找到了“相信”（believe）（第二行）的两重意义，其一是：对于黑女郎这种人，“相信”只存在于“看来信任”（第十一行）；其二是：“相信”存在于试图在幻想中实现自己希望做到的事情之中。

一三九

啊，别教我来原谅你的过错，
原谅你使我痛心的残酷冷淡；
用舌头害我，可别用眼睛害我；
要堂堂正正，杀我不要耍手段。
告诉我你爱别人；但是，亲爱的，
别在我眼前把眼睛溜向一旁。
你何必耍手段害我，既然我的
防御力对你的魔力防不胜防？
让我来袒护你；啊！我情人挺明白
我的仇敌就是她可爱的目光；
她于是把它们从我的脸上挪开，
把它们害人的毒箭射向他方。
　　可是别；我快要死了，请你用双目
　　一下子杀死我，把我的痛苦解除。

译解

女郎时常在诗人面前向别人传情，这是诗人受不了的。但诗人试为女郎辩

护道：他过去曾说她的眼睛残忍，有毒，可以算是他的仇敌，于是她就把这双眼睛从他身上移去，把毒箭射向别处去了。但是，诗人又说，他已经被她害得半死了，还是让她的目光直接射向他，把他爽快杀死，解除他的痛苦吧。——第三行："用眼睛害我"就是不看我而看别人。第十一、十二行："它们"指女郎的目光。（按：原文looks是复数。）

一四〇

你既然冷酷，就该聪明些；别显露
过多的轻蔑来压迫我缄口的忍耐；
不然，悲哀会借给我口舌，来说出
没人同情我——这种痛苦的情况来。
假如我能把智慧教给你，这就好
尽管不爱我，你也得对我说爱；
正像那暴躁的病人，死期快到，
只希望医生对他说，他会好得快；
因为，假如我绝望了，我就会疯狂，
疯狂了，我就会把你的坏话乱讲。
如今这恶意的世界坏成了这样，
疯了的耳朵会相信疯狂的诽谤。
　　要我不乱说你，不疯，你的目光
　　就得直射，尽管你的心在远方。

译解

诗人请求女郎对他垂青；而且从她自身的利益出发。诗人恐吓她说，假使她使他绝望了，他就会疯狂，会到处去诽谤她，而人们也会相信的。——第一行：“冷酷”指女郎的眼睛，见第一三三首第五行；又“聪明”指至少不要使诗人过分难堪，参阅第五行“智慧”。第二行：“缄口”指不敢说真话，以免惹怒她。第十一行：“恶意的世界”意思是“总是从恶的方面去解释一切事物的人们”。第十三、十四行：假使你希望我不疯狂地乱说，那么你的眼睛就请不要溜向别处去（参阅第一三九首第六行），而应该直看我，尽管你的骄傲的心在别处逍遥。

一四一

说实话，我并不用我的眼睛来爱你，
我眼见千差万错在你的身上；
我的心却爱着眼睛轻视的东西，
我的心溺爱你，不理睬见到的景象。
我耳朵不爱听你舌头唱出的歌曲；
我的触觉（虽想要粗鄙的抚慰），
和我的味觉，嗅觉，都不愿前去
出席你个人任何官感的宴会。
可是，我的五智或五官都不能
说服我这颗痴心不来侍奉你，
我的心不再支配我这个人影，
甘愿做侍奉你骄傲的心的奴隶：
　　我只得这样想：遭了灾，好处也有，
　　她使我犯了罪，等于是教我苦修。

译解

诗人不用眼睛爱女郎因为她并不美（不白）。诗人的“五官”（听，视，味，嗅，触）和所谓“五智”（漫指常识，想象，空想，推测，记忆而言）也并不对她有好感，但这些都不能说服他的痴心，他的痴心仍然溺爱着她。——第十一行：“人影”指诗人已不像是五智和五官所组成的人或没有心的人了。第十四行：“犯了罪”指诗人受她引诱，“苦修”指作为结果的痛苦。苦修可减轻原罪，所以有好处。

一四二

爱是我的罪，厌恶是你的美德，
厌恶我的罪，生根在有罪的爱情上；
只要把你我的情况比一比，哦，
你就会发现，责难我可不大应当；
就算该，也不该出之于你的嘴唇，
因为它亵渎过自己鲜红的饰物，
跟对我一样，几次在假约上盖过印，
抢夺过别人床铺的租金收入。
我两眼恳求你，你两眼追求他们，
像你爱他们般，请承认我爱你合法，
要你的怜悯长大了也值得被怜悯，
你应当预先把怜悯在心里栽下。
　　假如你藏着它，还要向别人索取，
　　你就是以身作则，活该受冷遇！

译解

诗人说，他对女郎的爱如果算是罪恶，那么她对他的厌恶就该算是美德了。但他见到她很愿意犯这种罪（指爱），在向别人求爱，那么，他对她的爱就不能算是罪恶了。她必须怜悯（爱）他，才能获得别人对她的怜悯（爱）。——第二行：有各种解释，可能是，女郎厌恶诗人的爱（罪恶）是由于她自己在爱（罪恶）着别人。第五行：即使诗人的爱可以被责难，也不应由女郎来责难。第六行："它"指第五行中女郎的"嘴唇"，"鲜红的饰物"指唇红。第七行："盖过印"，指接过吻，留下的印鉴就是唇红的痕迹。第八行：暗示女郎之所爱者乃有妇之夫。第九行：参阅第一三九首。第十行：参阅第一三四首。第十一至十四行："你希望别人怜悯（爱）你，你就得先怜悯（爱）我，否则，尽管你需要，别人还是不会怜悯你的。"第十三行中的"它"指怜悯（爱）。

一四三

看呐，像一位专心的主妇跑着
要去把一只逃跑的母鸡抓回来，
她拼命去追赶母鸡，可能追到的，
不过她这就丢下了自己的小孩，
她追赶去了，她的孩子不愿意，
哭着去追赶母亲，而她正忙着在
追赶那在她面前逃走的东西，
不去理睬可怜的哭闹的幼崽
你也在追赶离开了你的家伙，
我是个孩子，在后头老远地追赶，
你只要一抓到希望，就请转向我，
好好地做母亲，吻我，温和一点：
　　只要你回来，不让我再高声哭喊，
　　我就会祷告，但愿你获得“心愿”。

译解

诗人把女郎比作一位主妇，在追赶一只逃跑的家禽；诗人又自比作那主妇

的孩子，在后面哭喊着追赶妈妈。那主妇不睬孩子，因为她知道孩子总不会失去，任何时候都可以去安慰他。诗人希望女郎在得到了她的希望（鸡）以后，回来对他（诗人）温和一些，像母亲对孩子那样。——第十四行："心愿"指第十一行中的"希望"，但"心愿"原文是Will（首字母大写），也是诗人的名字的简写。

一四四

我有两个爱人：安慰，和绝望，
他们像两个精灵，老对我劝诱；
善精灵是个男子，十分漂亮，
恶精灵是个女人，颜色坏透。
我那女鬼要骗我赶快进地狱，
就从我身边诱开了那个善精灵，
教我那圣灵堕落，变作鬼蜮，
用恶的骄傲去媚惑他的纯真。
我怀疑到底我那位天使有没有
变成恶魔，我不能准确地说出；
但两个都走了，他们俩成了朋友，
我猜想一个进了另一个的地府。
　　但我将永远猜不透，只能猜，猜，
　　等待那恶神把那善神赶出来。

译解

诗人之所爱者有二：一个是善良的朋友，是诗人的安慰，另一个是不善良的女郎，她使诗人绝望。女郎为了要陷诗人于地狱，就先把诗人的朋友引诱开去；诗人怀疑他的朋友已陷入了女郎的地狱，但又不能确切知道。诗人害怕失去两者。——第二行：“劝诱”指向着安慰或绝望的方面鼓励，或者是向着善或恶的方面怂恿。第四行：“颜色坏透”指女郎肤色不白。第五行“女鬼”及第十四行“恶神”均指恶精灵（即女郎）。第七行“圣灵”、第八行“他”、第九行“天使”及第十四行“善神”均指善精灵（即朋友）。第八行：“骄傲”原文pride，其古义是发情、性欲，尤指雌性动物。故“骄傲”亦可译作“情欲”。第十一行：“两个都走了”指朋友与女郎都不在诗人身旁。第十二行：“地府”是女性生殖器的隐喻。

一四五

爱神亲手缔造的嘴唇
对着为她而憔悴的我
吐出了一句“我厌恶……”的声音。
但是只要她见到我难过，
她的心胸就立刻变宽厚，
谴责她那本该是用来
传达温和的宣判的舌头；
教它重新打招呼，改一改：
她就马上把“我厌恶……”停住，
这一停正像温和的白天
在黑夜之后出现，黑夜如
恶魔从天国被扔进阴间。
　　她把“我厌恶……”的厌恶抛弃，
　　救了我的命，说——“不是你。”

译解

这首诗的原作是每行四音步（其他各首均系每行五音步），每行少去了

两个音节；有些论者怀疑这一首诗是不是莎士比亚的作品。这里，女郎先对诗人说了“我厌恶……”，诗人听了非常悲伤，幸而她接着说“不是你”，诗人才算得救。英文中把I hate（我厌恶）和not you（不是你）连起来其意义即变成“我不厌恶你”，但因原文在诗中是隔开的，而汉文结构又与之不同，故无法译出其妙处。——第二行：“她”指女郎。第七行：指女郎的舌头专门温和地拒绝她的爱人。第八行：“它”指女郎的舌头。

一四六

可怜的灵魂啊，你在我罪躯的中心，
被装饰你的反叛力量所蒙蔽；
为什么在内部你憔悴，忍受饥馑，
却如此豪华地彩饰你外部的墙壁？
这住所租期极短，又快要坍倒，
为什么你还要为它而挥霍无度？
虫子，靡费的继承者，岂不会吃掉
这件奢侈品？这可是肉体的归宿？
靠你的奴仆的损失而生活吧，灵魂，
让他消瘦，好增加你的贮藏；
拿时间废料去换进神圣的光阴；
滋养内心吧，别让外表再堂皇：
　　这样，你就能吃掉吃人的死神，
　　而死神一死，死亡就不会再发生。

译解

这里诗人在向灵魂（精神）说话，他指出豢养与装饰肉体是愚蠢的，因为肉体很快就会灭亡；相反地，应该使灵魂健壮繁茂，以克服死亡。——第一行：灵魂在有罪的肉体的中央。第二行：在四开本中这一行被误印了，注释家们做了种种努力来假定原作的本来面目。译者在这里采用了梅隆（Malone）的假设；“反叛力量”指背叛灵魂的肉体。第五行：“租期”指寿命；“又快要坍倒”的“住所”指日渐趋向灭亡的肉体，肉体是灵魂的住所。第七行：“虫子”指坟墓中吃死人的虫。第八行：“奢侈品”指肉体；意思是灵魂为肉体付出了太多东西。第九行“奴仆”及第十行“他”指肉体。第十三、十四行：撤除肉体（即将死亡的东西）的食物，使它消瘦，也就是减少死神的食物（肉体），使死神挨饿，这样你（灵魂）就能“吃”死神，死神死了，对于你无能为力了，你就能永生。

一四七

我的爱仿佛是热病，它老是渴望
一种能长久维持热病的事物；
它吃着一种延续热病的食粮，
古怪的病态食欲就得到满足。
我的理智——治我的爱的医师，
因为我不用他的处方而震怒，
把我撂下了，如今我绝望而深知
欲望即死亡，医药也不予救助。
理智走开了，疾病就不能医治，
我将带着永远的不安而疯狂；
我不论思想或谈话，全像个疯子，
远离真实，把话儿随口乱讲；
　　我曾经赌咒说你美，以为你灿烂，
　　你其实像地狱那样黑，像夜那样暗。

译解

诗人对女郎的爱像是一种热病，因为他无法克服他的热情，而且已经丧失了那可能医治这种恋爱病的理智。他明知她不值得他爱，而且，他对她的赞美也不过是呓语而已。——第八行：拒绝了医师（理智）的治疗，疾病（欲望，爱）将是致命的。第十三行："说"指第十一行中的"谈话"；"以为"指第十一行中的"思想"；"灿烂"指白皙。

一四八

天哪！爱放在我头上的是什么眼儿，
它们反映的绝不是真正的景象！
说是吧，我的判断力又躲在哪儿，
竟判断错了眼睛所见到的真相？
我的糊涂眼所溺爱的要是真俊，
为什么大家又都说："不这样，不"？
如果真不，那爱就清楚地表明
爱的目力比任谁的目力都不如：
哦！爱的眼这么烦恼着要守望，
要流泪，又怎么能够看得准，看得巧？
无怪乎我会弄错眼前的景象；
太阳也得天晴了，才明察秋毫。
　　刁钻的爱呵！你教我把眼睛哭瞎，
　　怕亮眼会把你肮脏的罪过揭发。

译解

这首诗是诗人对爱（也即爱神丘比特）所说的话。爱使诗人盲目了吗？或者，诗人的眼睛虽然看得清，而诗人的理智（判断力）丧失了，不能接受正确的目光了吗？为什么诗人认为女郎是美丽的，而世上的人都说她不美呢？哦，因为在恋爱中的眼睛老是忙着在守望（不眠）、在流泪，所以不可能看得正确了。这是可恶的爱神的恶作剧呵！——第一行：“爱”称呼爱神。第十三行：有的论者认为这里的“爱”是指诗人的情人，但即使如此，诗人仍把情人当爱神的化身。第十四行：“肮脏的罪过”指女郎在爱情上的罪过。

一四九

冷酷的人啊！你怎能说我不爱你？
事实上我跟你一起厌弃了我自己！
你这个暴君啊！谁说我不在想念你？
事实上我是为了你忘掉了我自己！
有人厌恶你，我可曾唤他们作朋友？
有人你讨厌，我可曾去巴结，奉承？
不但如此，你跟我生气的时候，
我哪次不立刻对自己叹息、痛恨？
如今，被你那流盼的眼睛所统治，
我的美德都崇拜着你的缺陷，
我还能尊重自己的什么好品质，
竟至于不屑侍奉你，如此傲慢？
　　但是爱，厌恶吧，我懂了你的心思；
　　你爱能看透你的人，而我是瞎子。

译解

女郎怀疑诗人对她的爱，诗人反复申述他的确爱她，诗人甚至因为她厌恶他而站在她的立场来反对自己，借以博得她的欢心。但是她爱着一些能看出她的罪过的人们而厌恶着诗人，因为诗人对她的罪过是盲目的。——第七、八行：对于女郎所厌恶的人，诗人也起来反对，因此假使女郎厌恶诗人，诗人就起来反对自己。第十行：诗人用一切至善的美德崇拜着有缺陷的女郎。第十四行：“能看透”指能看出女郎的罪过。

一五〇

啊，从什么威力中你得了力量，
能带着缺陷把我的心灵指挥？
能教我胡说我忠实的目光撒谎，
并断言阳光没有使白天明媚？
用什么方法，你居然化丑恶为美丽，
使你的种种恶行——如此不堪，
却具有无可争辩的智慧和魅力，
使你的极恶在我心中胜过了至善？
愈多听多看，我愈加对你厌恶，
可谁教给你方法使我更爱你？
虽然我爱着别人憎厌的人物，
你不该同别人来憎厌我的心意：
　　你毫不可爱，居然激起了我的爱，
　　那我就更加有价值让你爱起来。

译解

诗人不知道女郎何以能使他这样热爱她，以至于丧失了理性，尽管她有许多缺陷，女郎虽然不美，却有一种魅力，能使诗人把她当作至高的美。既然他如此爱她，那么，他至少是值得被她爱的。——第二行：不管女郎有怎样的缺陷，女郎仍然有力量使诗人迷恋她。第三、四行：使诗人丧失理智；第四行中的意思也可以反过来理解：使诗人申言黑暗没有使夜晚不优美，就是说黑即是白，女郎是美的。第八行：使诗人盲目地爱她。第九行：女郎有许多缺陷，照理诗人是应当厌恶她的。第十一行：别人厌恶（害怕）她，因为她有许多缺陷。第十二行：不应厌恶诗人的专注于爱的心情。

一五一

爱神太幼小，不知道良心是什么；
可是谁不知良心是爱的产物?
那么，好骗子，别死剋我的过错，
因为，对于我的罪，你并非无辜。
你有负于我，我跟我粗鄙的肉体
同谋而有负于我那高贵的部分；
我的灵魂对我的肉体说他可以
在爱情上胜利；肉体不爱听高论，
只是一听到你名字就起来，指出你
是他的战利品。他因而得意洋洋，
十分甘心于做你的可怜的仆役，
情愿站着伺候你，倒在你身旁。
　　这样做不是没良心的：如果我把她
　　叫作爱，为了她的爱，我起来又倒下。

译解

诗人申言：年幼的爱神丘比特不知行为之检点为何物。后来，良心通过同一的爱而醒来了。女郎决不该责备诗人，因为，事实证明：他之所以与自己的肉体同谋而出卖了自己的灵魂（指丧失理智，盲目爱她），全是为了她的缘故。这首诗原文中有不少猥亵的隐语。——第一行：参阅第一一五首第十三行。第三行："骗子"称呼女郎，理由见第一五二首第二至四行。通首"你"指女郎。第六行："高贵的部分"指灵魂。第七行："他"指灵魂。第八行：肉体不愿听灵魂的话。第九、十行：诗人的肉体认女郎为战利品。第十行："他"指肉体。第十一、十二行：肉体做了自己的战利品的奴隶，因为这是一种特殊的战利品。第十三、十四行："她"即指良心，复阅本首一、二行。第十四行中第一个"爱"指"我的爱人"，第二个"爱"指爱情。

一五二

在爱你这点上，你知道我不讲信义。
不过你发誓爱我，就两度背了信；
床头盟你撕毁，新的誓言你背弃，
你结下新欢，又萌发新的憎恨。
但是，你违了两个约，我违了一打半——
还要责备你？我罚的假咒可多了；
我罚的咒呀，全把你罚了个滥，
我的信誉就都在你身上失落了：
因为我罚咒罚得凶，说你顶和善，
说你爱得挺热烈，挺忠贞，不会变，
我为了给你光彩，让自己瞎了眼，
或让眼发誓——发得跟所见的相反；
　　我曾罚过咒，说你美：这是个多么
　　虚伪的谎呀，我罚的假咒不更多么！

译解

诗人承认自己不守信誓。但女郎更坏，她两度违了约。可是他不必责备她。他由于曾发誓说她忠实、美丽……而失了无数次信了（即撒了无数谎了，因为她原是不美不忠实的），所以他更应该受责备。——第二至四行：当你发誓说爱我的时候，你欺骗了你的丈夫；当你发誓说恨我的时候，你又欺骗了我，因为你曾说你永远爱我。所以是两度违约。第十一行：我闭上眼睛不看你的缺陷，以便想象你如何美丽。参阅第一三七首及第一四八首。本诗是关于黑女郎的一组诗（第一二七至一五二首）的最后一首。

一五三

丘比特丢下了他的火炬，睡熟了：
黛安娜的一个天女就乘此机会
把他这激起爱情的火炬浸入了
当地山谷间一条冰冷的泉水；
泉水，从这神圣的爱火借来
永远活泼的热力，永远有生机，
就变成沸腾的温泉，人们到现在
还确信这温泉有回春绝症的效力。
我情人的眼睛又燃起爱神的火炬，
那孩子要试验，把火炬触上我胸口，
我顿时病了，急于向温泉求助，
就赶去做了个新客，狂躁而哀愁，
　　——但是没效力：能医好我病的温泉
　　是重燃爱神火炬的——我情人的慧眼。

译解

这一首与下一首（第一五四首）所写的是同一题材；这两首诗并不在对

谁说话。——第一、二行：丘比特与黛安娜，均为古典神话中的神，前者是爱神，后者是月神。第九、十行：爱神的火炬，一度被人熄灭，如今却从诗人的情人的眼睛那里重新燃烧了起来，爱神为试验火炬究竟燃着没有，便用火炬去点触诗人的胸膛。“那孩子”指丘比特。

一五四

小小的爱神，有一次睡得挺沉，
把点燃爱火的火炬搁在身边，
恰巧多少位信守贞洁的小女神
轻步走来；最美的一位天仙
用她的处女手把那曾经点燃
无数颗爱心的火炬拿到一旁；
如今那爱情之火的指挥者在酣眠，
竟被贞女的素手解除了武装。
她把火炬熄灭在近旁的冷泉中，
泉水从爱火得到永恒的热力
就变成温泉，对人间各种病痛
都有疗效；但是我，我情人的奴隶，
　　也去求治，把道理看了出来：
　　爱火烧热泉水，泉水凉不了爱。

译解

有的论者猜测：莎士比亚把同一题材写成两首诗，一同呈献给他的朋友，原意是要他的朋友挑选一首，而他的朋友把两首都留下了：前一首思想更丰富，后一首音调更悦耳。这就是第一五三首和本首。也有的论者认为这两首诗不是出自莎士比亚的手笔。译者认为，莎士比亚与新的友谊和与女郎的爱情经历了感情上的种种滋润，有欢乐，温馨，也有忧伤，痛苦，悲愤，怨望，自责……整部十四行诗呈现出一种莎士比亚的悲剧意蕴。这种悲剧意蕴体现在诗人对人生际遇的深刻反思，升华到哲学的高度。最后两首十四行诗选，丘比特要试验火炬是否还能点火，使用它去触动诗人的心胸，诗人“顿时病了”，变得“烦躁而哀愁”，急忙向温泉求助，但是无效，因为只有“情人的慧眼”能治好他的病。这里，“情人”暗示女郎，也暗示朋友。这个寓言说明，诗人因友谊与爱情而得病，得了狂躁症，抑郁症，而能治好他的病的药物，又只能是友谊与爱情，于是形成良性循环和恶性循环的交替不歇，悲剧意蕴由此产生。所以这两首诗不是与整个情节无关，而是整部系列组诗所涉及的人际关系的总概括。

凤凰与斑鸠

小　　引

埃及神话中有一种美丽的长生鸟或不死鸟，名 Phoenix，相传生长在阿拉伯沙漠中，居住在香料铺垫的巢里，每五百年在火中自焚为灰烬，再自灰烬中重生，循环不已，成为永生。它的译名，是借用中国古代神话中的百鸟之王“凤凰”这个名称。莎士比亚的戏剧中经常提到凤凰。凤凰之所以能吸引莎士比亚，由于它有独一无二的特性：在一段特定的时间内，只有一只凤凰能够存活。莎士比亚的诗《凤凰和斑鸠》在他的作品中也是独一无二的——其他作品没有一个与它类似。

这首诗首次发表于 1601 年，作为同一题材一组诗中的一首，被附加在罗伯特·切斯特（Robert Chester）的《爱的殉难者，或罗瑟琳的怨诉，在凤凰与斑鸠注定的命运中，寓言般暗示爱的忠贞》诗集中。此书扉页上称这些诗的作者是“我们现代最优秀最重要的作家”。集子里，除了莎士比亚的这首诗外，还有约翰·玛斯顿（John Marston）、乔治·恰普曼（George Chapman）和本·琼森（Ben Jonson）的诗。莎士比亚和其他诗人均有签名附于诗下。

凤凰因美丽又罕见而出名；斑鸠因对爱情坚贞而为世人所知。有关鸟的诗往往包含某种寓意。罗伯特·切斯特在这本书的书名页上声称《爱的殉难者》中的作品都寓言般暗示了爱的忠贞。莎士比亚这首诗的寓意是什么却不大清楚。某些批评家认为诗中的凤凰和斑鸠暗示着伊丽莎白女王（凤凰常被用来象征她）和埃塞克斯伯爵。另一些批评家则认为，这两只纯洁的相爱的鸟象征着约翰·萨卢斯伯里爵士（Sir John Salusbury）和他的夫人。（按：这部《爱的殉难者》就是献给萨卢斯伯里的。）也有人认为这首诗所象征的是贝德福德伯爵和夫人（the Earand Countess of Bedford）。不过莎士比亚的这首诗与集子里其他诗所描绘的情景不同。莎士比亚在诗中明确地写道：凤凰和斑鸠“没有留下后裔”。而集子里玛斯顿的诗却祝贺这两只鸟有了下一代：“一个与他们惊人地相似的生命，从凤凰和斑鸠的灰烬中站起来。”

这首诗由三部分构成。前五个诗节召唤众鸟来送葬，哀悼死者。接下来的八个诗节是一支赞歌，看来是哀悼者唱的。在这支赞歌中，凤凰与斑鸠的爱情同理智融合在一起。最后五个诗节在形式上有些变化（从每节 4 行变为每节 3 行，韵式从 1221 变为 111），是一首悼念死者的“哀歌”，出自理智之口。

诗的语言运用具有高度的技巧。

诗开始时对众鸟的召唤，引起读者丰富的想象；然后是赞歌：出现自相矛盾而又统一的表述，富有活力，充满戏剧性；最后，一切都归于哀歌的朴素与庄严。诗开始时有哀悼者的具体形象出现，后来诗变得抽象起来，以至于隐藏在诗中的一个抽象概念，即理智，出来呼唤，作了一首哀歌。哀歌严肃地宣告抽象概念“真”和抽象概念“美”被埋葬，并转而化为具体的意象：

真，有表象，没有真相，
美，靠炫耀，本色消亡，
真，美，双双被埋葬。

让两只非真即美的飞禽
一同进入这只骨灰瓶；
为两只死鸟，请哀告神明！

诗以放开嗓子把丧事宣告开始，以哀告终。在仅仅67行中，所有这一切以最为精练的方式表达了出来。

译　者

凤凰与斑鸠

让歌声最亮的鸟儿栖上
那株孤独的阿拉伯树梢，
放开嗓子，把丧事宣告，
纯洁的禽鸟都合拍飞翔。

但你这尖声鸣叫的信使，
魔鬼派遣的邪恶先驱者，
说狂热即将消亡的卜者，
可千万别走近这个群体。

哪一只禽鸟专横跋扈，
就禁止进入这个会场，
除了老鹰，那鸟中之王：
葬礼的肃穆一定要维护。

让身穿白色法衣的牧师——

能奏死亡之曲的司铎——
成为那预言死亡的天鹅，
丧仪必须由他来主持。

还有你这老朽的一族——
穿着黑色丧服的乌鸦，
张嘴呼吸像抽抽嗒嗒，
也来参加这哭丧的队伍。

哀悼的歌声现在开始：
爱情和坚贞都已经死亡；
凤凰和斑鸠在火中翱翔，
熔为一体而飞离尘世。

他们相爱如双生合抱，
各有特质却出自一体；
两种品格又不分彼此：
爱中分你我确是徒劳。

两心远隔却不曾分离；
在斑鸠和他的女王之间
有距离却没有空间可见：

这是他俩创造的奇迹。

他们的爱情闪闪发光，
斑鸠从凤凰的眼中见到
自己的身体在熊熊燃烧：
二者同时又都是对方。

本性就这样受到了挑战，
自身可以不再是自身；
唯一的本源有双重名分，
是一还是二难以分辨。

理智已感到十分窘困，
看见两部分长在一起，
彼此分不清是我是你，
单一恰恰由复合组成。

它不禁喊道："这可真是！
二者竟如此和谐一致。
要是这情形长期如此，
爱情就会把理智吞噬。"

于是它作了哀婉的歌曲，
为了给凤凰和斑鸠送行，
爱的双峰啊，恋的双星，
乐曲哀唱他们的悲剧。

鲁克丽丝失贞记

小　引

莎士比亚的长篇叙事诗《鲁克丽丝失贞记》于1594年5月9日在伦敦书业公所登记，旋即印刷出版。在前一年（1593）出版的莎士比亚“文思的头胎儿”《维纳斯与阿多尼斯》卷首给南安普顿伯爵的献词中说：“愿今后尽量利用闲余时间，务必呈献较有分量的作业为大人增光。”《鲁克丽丝》应该就是作者自认为“较有分量的作业”。其写作时间，当在1593年4月至1594年5月之间。

这部长诗于1594年第一次出版时被印成四开本，扉页上印的书名是“Lucrece”（《鲁克丽丝》），但在诗的正文前标出的诗题是“The Rape of Lucrece”（《鲁克丽丝失贞记》，直译应为《鲁克丽丝之被强奸》）。——此诗在书业公所登记册上登记的书名是“The Ravyshement of Lucrece”，直译也是《鲁克丽丝之被强奸》，但“被强奸”的原文Ravyshement与书中正文前诗题中的Rape不是同一个字，不过意思一样。——扉页上的标题是否反映了莎士比亚自己最后的选择，不能断定。这部长诗的印刷者与《维纳斯与阿多尼斯》一样，是理查·费尔德（Richard Field）；出版者是约翰·哈立森（John Harrison）。

这部长诗也与《维纳斯与阿多尼斯》一样，由作者呈献给南安普顿伯爵亨利·莱阿斯里（Henry Wriothesly, Earl of

Southampton)。这个献词,口气十分亲近——比《维纳斯与阿多尼斯》的献词口气亲近得多。塔柯·布鲁克(Tucker Brooke)说:“伊丽莎白女王时代文学作品的献词,没有一个是这样的。”从这口气中可以看出,莎士比亚受到了这位伯爵的恩宠,想来这部长诗也得到了他的嘉许。此诗出版之时,南安普顿伯爵年方二十有一,比莎士比亚小九岁。但这个翩翩少年似乎对文学有一定的鉴赏力。这部作品在社会上也受到了欢迎,在莎士比亚生前至少印行了七版,其中有四次是八开本。

在伊丽莎白女王一世时代,写诗是绅士们的高尚行为。而写戏则被认为是不能登大雅之堂的。所以莎士比亚写这两部长诗都十分用心用力;长诗的印制也相当认真,与当时他的剧本的刊印不可同日而语。

莎士比亚自己为这部长诗写了《内容提要》,附在卷首。公元前509年,当罗马大军围攻阿狄亚城时,罗马国王的儿子塔昆从大将柯拉廷的嘴里听到说他的妻子鲁克丽丝无比贞洁,便到罗马去秘密探访她。塔昆一见鲁克丽丝,便起淫心。到夜里,他潜入她的卧室,不顾她的哀求,用暴力强奸了她,然后潜逃。鲁克丽丝派人召回了丈夫和父亲,控诉了塔昆的暴行,举刀自杀。众人抬起她的遗体在罗马游行。塔昆家族被放逐。这是古典文学中流传颇广的故事之一。故事来源于奥维德(Ovid)的《岁时记》和李维(Livy)的《罗马史》第一卷。这个故事还出现在乔叟(Jeoffrey Chaucel)的《好女人的故事》和彭特(William Painter)的《逍遥宫》中。莎士比亚写这部长诗时,想必参考过若干资料,肯定读过奥维德的书。有些情节为李维的书中所特有,常被大段引用来注释奥维德。莎士比亚是直接读过李维的书还是间接借用了李维的资料，难以断定。

1592年，萨缪尔·丹尼尔（Samuel Daniel）的诗作《罗莎蒙的怨诉》出版。美丽的罗莎蒙，成了亨利二世的情妇，被嫉妒的王后毒死。诗里写的是罗莎蒙鬼魂的怨诉。她把她的沉沦归因于自然、青春和美貌，她呼吁同情，呼吁拯救。这是当时在诗人和读者中间流行的被称作“怨诉诗”的文学样式。这种诗中的主人公往往是一个被侮辱的女子，她的鬼魂出现在人间，控诉她悲惨的命运。莎士比亚的这部长诗也属于“怨诉诗”一类。但是他放弃使用鬼魂形象，而采用第三人称叙事的方式。莎士比亚追随丹尼尔，采用“君王诗体”（rhymeroyal），即：诗行为抑扬格五音步，诗节由七行组成，韵式为ababbcc。（这种诗体也称作“特洛伊罗斯诗体”，因为乔叟的《特洛伊罗斯与克瑞西达》即用这种诗体写成。）据说莎士比亚本来要用《维纳斯与阿多尼斯》的六行一节的诗体来写，而且已试写了几节，后来才改用“君王诗体”来写，因为这种诗体显得更加庄重。全诗有265个诗节，总共1855行，比《维纳斯与阿多尼斯》还多出661行。

这部长诗大力歌颂了一个女子的贞烈行为，抨击了狂徒施暴的恶行。斯宾塞的朋友加伯列·哈维（Gabriel Harvev）在笔记中写道：“年轻的一辈非常喜欢莎士比亚的诗《维纳斯与阿多尼斯》，可是他的诗《鲁克丽丝》和悲剧《哈姆莱特》则使更有智慧的人们感到兴趣。”正如《罗密欧与朱丽叶》的悲剧结果是导致维罗纳两个家族结束世仇而言归于好，《鲁克丽丝》的悲剧结果是导致罗马君主政体的结束和共和政体的开始。但莎士比亚的主要笔墨是用在人物心理活动的刻画方面。由于采用了第三人称叙事的方式，因而人物的深层内心活动得以充分体现。这种叙事方式还使这部长诗取得了戏剧性效果，这是第一人称叙事方式所难以达到的。莎士比亚写这部长诗时，已写过《驯悍记》《亨利六世》《理查三世》等剧本。他似是运用了一支写戏的笔写了这部长诗。读者会感到，这部长诗仿佛是为了舞台演出而写的，全诗的“剧场感”十分明显。分幕与分场宛然可见。塔昆潜入卧室和黄夜潜逃像是两个过场；塔昆施暴和鲁克丽丝控诉是两幕重头戏。鲁克丽丝自杀的描写，无论场面，台词，还是动作，都显示出集中的舞台处理的痕迹。有的论者如泽斯默认为，“如果考虑到这部诗作的戏剧因素，那么是塔昆，而不是鲁克丽丝，占据着舞台的中心位置。”这也未必。作品的前半部分，重心在塔昆，后半部分，重心在鲁克丽丝，不能说整部作品的中心由塔昆贯穿。梁实秋说，“诗中重心，时而在鲁克丽丝，时而在塔昆，未能收人物统一之效，当然也是可议之处。”这也不见得。鲁克丽丝被辱前前后后的情节发展，形成戏剧性纠葛和对抗，把塔昆和鲁克丽丝两个人物统一在一个矛盾体中，贯穿全诗，直达戏剧性高潮：鲁克丽丝自裁。梁实秋的观点，似乎比“三一律”的要求更为严格。

诗中的两个主要人物，性格并不复杂：一个是圣者，善的化身；一个是强徒，恶的代表。这类人物，可以从欧洲古老的道德剧中找到。但莎士比亚绝没有把他们写成简单的符号。塔昆在犯罪之前、之后，经历着剧烈的内心斗争，承受着痛苦的精神煎熬。在塔昆的心里，“冷冻的良知和炽烈的欲念对峙”（247 行）着，后来在逃离途中他又自觉有罪，痛骂自己（715~735 行）莎士比亚在他的十四行诗第一二九首中写道：

生气丧失在带来耻辱的消耗里，
是情欲在行动，情欲还没成行动
已成过失，阴谋，罪恶，和杀机，
变得野蛮，狂暴，残忍，没信用；
……
疯狂于追求，进而疯狂于占有，
占有了，占有着，还要，绝不放松；
品尝甜头，尝过了，原来是苦头；
事前，图个欢喜；过后，一场梦：
　　这，大家全明白；可没人懂怎样
　　去躲开这座引人入地狱的天堂。

这首诗可以与塔昆这个人物相印证，塔昆似乎就是这首诗的注脚。他成为人类弱点的体现者。因此莎士比亚所鞭挞的不仅是一个成了色狼的罗马王子，而是人性中普遍存在的“恶”的劣根性。莎士比亚着力刻画了鲁克丽丝的贞女形象。但是弱女子抗不过暴力的侵袭，事后她悲愤已极，却镇定地召回丈夫，说明原委，然后以自杀抗议邪恶，激励复仇。有的论者指出，根据中世纪基督教神学理论，鲁克丽丝是并不干净的，她不应该向塔昆屈服。自然这近于苛求。又一种论点则是，她不该犯下自杀的“大罪”。其实，莎士比亚在诗中就让鲁克丽丝自已说：

“唉！自杀，这事算什么，”她说道，
“不过是玷污了身体，又玷污灵魂！”

（1156~1157行）

然而，所谓自杀会玷污灵魂，是天主教的伦理，古罗马人并没有这种观念。如果认为鲁克丽丝应该不用担心地活下去，认识到她的肉体受辱无损于她灵魂的贞洁，因为她的独立的灵魂并没有受到玷污，那么这倒是符合古罗马人的道德标准的。长诗的结尾处，当鲁克丽丝问在场的各位罗马贵族：

“我身处危境，受到可怕的逼迫，
这样造成的失误该怎样定性？”

（1702~1703行）

这时，那些贵族们

听了这番话，他们立即回答道，
洁净的心灵已涤净肉体的污痕；

（1709~1710行）

尤其是当鲁克丽丝自杀后，布鲁图斯责备柯拉廷企图追随他的妻子去自杀，最后向他指出：

“你那可怜的夫人错得没道理，
竟然自杀了，她本该去诛杀仇敌。”

（1826~1827行）

即可为证。虽然如此，鲁克丽丝的被辱却不符合基督教对一个为人妻者的道德要求。莎士比亚在处理鲁克丽丝的行为时，似乎有点矛盾，但他让布鲁图斯认为自杀是错误的观点在长诗的最后亮出，不能不说是寄予了深意。

这部长诗给人以“剧场感”还由于诗中多次出现“独白”和“对白”现象，塔昆施暴前，鲁克丽丝劝导他，训诫他，感化他，塔昆则一再强词夺理，威胁恫吓。这里针锋相对的对白具有明显的剧场效应。这两个人物也都有他们的独白。塔昆的独白所勾画出的这个恶棍的面目，仿佛是麦克白斯的雏形。鲁克丽丝的怨诉独白则使人联想到《约翰王》里的康斯坦丝。鲁克丽丝被辱后有三大段独白，一是抨击“黑夜”（746~875 行，十七节），一是谴责“机缘”（872~924 行，七节），一是训斥“时间”（925~1036 行，十一节）。在这三段独白里，她从咒骂塔昆发展到控诉种种社会不公，鞭挞人间的一切假、恶、丑。这三段独白的分量很重，体现着莎士比亚对当时社会的看法，不仅可以与莎士比亚十四行诗的某些篇章（例如第六六首）相互印证，也为他后来的悲剧独白（如哈姆莱特考虑生死问题的独白“活下去还是不活”、李尔王在暴风雨袭击的荒野里自责的独白以及泰门关于黄金的独白等）预示着端倪。认为《鲁克丽丝》是莎士比亚伟大悲剧创作的预习，是有道理的。

这部长诗中成串出现的喻象和意象，可以用中国成语“妙语如珠”来形容。莎士比亚的喻象常常不是传统的或仅仅装饰性的比喻。他有时从单纯比喻发展到怪诞喻象，如写到柯拉廷的悲痛时说：“他的哀叹也如此，仿佛拉锯，推出了悲痛，又把它拉了回去。”（1672~1673 行）又如，写到塔昆施暴的前奏时，把鲁克丽丝的乳房比作受到敌人侵犯的处女城堡（435~441 行），这就与罗马军队围攻阿狄亚或希腊大军进犯特洛伊联系了起来。有的论者认为，莎士比亚不仅善于调遣诗歌意象，而且能自如地运用戏剧性喻象，显示他后来写作伟大悲剧的先兆，这也不是没有道理的。

鲁克丽丝派遣仆人给丈夫送信之后到柯拉廷被召回之前，有一段等待的时间。莎士比亚有意利用这段时间安排了鲁克丽丝观看她房内墙上挂着的一幅图画这个情节。这恰像在舞台上安排了一场衔接两场重头戏之间的过场戏。但这场戏分量很重，而且冗长，用了二百多行的篇幅（1366~1582 行，三十个诗节）。墙上的画到底是挂毯还是绘画，评论家们至今争论不休，因为诗中没有交代清楚。画面上出现的是古代希腊大军围攻特洛伊的情景。交战双方的重要人物一出现，不下十二三个，而整个画面上出现的则是“成千个不幸的人物）（1373 行）。场景从涅斯托演讲鼓动希腊士兵上阵、特洛伊将士的母亲们登城观战，一直到西农诱使特洛伊人把木马拖进城去，导致城破，特洛伊王被杀等等，几乎包括了特洛伊战争的全过程。因此这幅画不是用集中透视法绘成，它所表现的也不是一个时间点上所发生的事件。古罗马时代的“湿壁画”（fresco）有时是长卷式的，能绘出连续性故事场景。但这首诗中明确地写着这是“挂在墙上的图画”（1366 行），一个“挂”字排除了壁画的可能。

这一大段“插曲”常为论者所诟病，是由于它的过于冗长。但莎士比伊下笔时还是考虑到效果的，他特别刻画了诱使特洛伊人接受木马的西农的狡猾，让鲁克丽丝从画面上西农的形象中更深刻地认识塔昆的面目，增强了她对邪恶的憎恨。莎士比亚还把注意力放在特洛伊战争的悲剧性结局上面，揭示了这幅图画同鲁克丽丝悲剧的内在联系。

《鲁克丽丝失贞记》在总的艺术设计上是完整的、协调的、感人的，但不能说是完全成功的作品。诗中的道德说教过多；比喻的堆砌，辞藻的铺张，陈述的繁缛，接二连三的文字游戏，都相对减弱了它的魅力。铺张的辞藻曾使基德（Kyd）和马洛（Marlowe）的剧作在舞台上红极一时。莎士比亚也避免不了时代风气的浸染。——当诗中故事结束于群情激愤、将塔昆家族永远放逐时，莎士比亚却改用极其简洁的笔墨，只花了两个诗节，便使全诗戛然而止，干净利索，颇有“史笔”风貌。总之，此诗大胆华丽的文风和深入细致的心理刻画，依然受到一代又一代直至当代读者的喜爱和赞赏。

译　者

献　　词

谨呈南安普顿伯爵兼蒂契菲尔德男爵

亨利·莱阿斯里阁下

我对阁下的敬爱无尽头：这本无开端的小书只代表此种敬爱流溢而出的一小部分。这些简陋的诗行甚少价值，然而阁下秉性高尚，必能惠予哂纳。我所做的一切属于阁下，我应做的一切属于阁下；本书为我所有的一部分，亦自当属于阁下。设若我有更多的才力，我必将对阁下尽更大的职责；此刻，我只能竭尽绵薄，将这一切奉献于尊前。谨祝阁下青春不老，幸福无疆。

时刻愿为阁下效忠的

威廉·莎士比亚

内容提要[①]

路修斯·塔昆纽斯[②]（此人由于过分的傲慢狂妄，被称作“塔昆纽断·苏帕布斯”[③]）指使人残酷地杀害了他的岳父塞维乌斯·图琉斯[④]，并违反罗马的法律和习俗，既未征求亦未等到公民的同意，即公然窃据了国王的宝座。之后，他与儿子们和其他罗马贵族们前往围攻阿狄亚城[⑤]。在围攻期间某一天晚上，诸将领在国王的儿子塞克斯图斯·塔昆纽斯[⑥]的营帐里聚会。晚饭后，大家在交谈间都夸赞各自妻子的贞德。他们中间，柯拉廷驽斯[⑦]盛赞自己的妻子鲁克丽丝，说她贞德贤惠，无与伦比。在愉快的气氛中，他们全都疾驰返回罗马城，企图神不知鬼不觉地突然到来，去检验他

① 内容提要是作者莎士比亚写的。

② 路修斯·塔昆纽斯（或塔昆），是罗马第七任国王，也是罗马王政时期最后一位国王。他谋杀岳父，篡夺了王位，在位期间施行暴政。公元前509年，其子奸污鲁克丽丝，激起公愤，塔昆纽斯及其家族遂被放逐，王朝被推翻。罗马自此成立共和国。

③ 苏帕布斯，意为自大狂者。

④ 塞维乌斯·图琉斯，罗马第六任国王。本为奴隶出身。

⑤ 阿狄亚城，鲁图里的首府，在罗马的南面，相距二十四英里。

⑥ 塞克斯图斯·塔昆纽斯（或塔昆），为路修斯·塔昆纽斯的第六个儿子。塞克斯图斯含“第六”意。

⑦ 柯拉廷驽斯（或柯拉廷），是国王路修斯·塔昆纽斯的外甥，与王子塞克斯图斯·塔昆纽斯为表兄弟。

们的妻子是否真配得上那些赞辞。结果发现，只有柯拉廷努斯的妻子在与侍女们一道从事纺织（尽管当时已是深夜）；而其他贵妇人却在跳舞、饮宴、作乐。于是，大家一致承认柯拉廷努斯获胜，承认他的妻子名不虚传。此时，塞克斯图斯已因鲁克丽丝貌美而起歹心。他暂时克制住心头的欲望，同大家一道返回营中。之后不久，他溜出营地，来到柯拉廷城堡[①]。由于王子的身份，他受到鲁克丽丝的盛情款待，并在此地留宿。当夜，他背信弃义，潜入她的寝室，用暴力奸污了她，第二天一早就溜之大吉。鲁克丽丝痛不欲生，火速派两名信使出发，一人到罗马去请她的父亲来，一人到军营去请柯拉廷努斯来。两位都来了，一位由朱纽斯·布鲁图斯[②]陪同、另一位由帕布留斯·瓦勒留斯[③]陪同到达。他们见鲁克丽丝身穿丧服，便询问她悲伤的缘由。鲁克丽丝先请他们发誓为她报仇，然后讲出了罪犯的名字及其全部罪行，最后她猝然拔刀自裁身亡。惨剧已经发生，目击者一致宣誓，务必把万恶的塔昆家族连根铲除而后已。他们抬着鲁克丽丝的遗体来到罗马，布鲁图斯向众人通告了祸首的姓名及其罪行，百姓听了都义愤填膺，经口头表决，一致同意将塔昆家族全体驱逐出境。罗马政权从此变国王统治为执政官统治。

---

① 柯拉廷城堡，在罗马城东十英里处。

② 朱纽斯·布鲁图斯，罗马贵族，其父、兄均为路修斯·塔昆纽斯所杀，他装疯而逃过劫难。塔昆王朝结束后，他与柯拉廷努斯共同担任罗马第一任执政官。

③ 帕布留斯·瓦勒留斯，罗马绅士。柯拉廷努斯退隐后，他曾担任罗马执政官。

鲁克丽丝失贞记

从围困阿狄亚的军中来，一路飞奔，
满脑子邪念，拍着险恶的翅膀，
好色的塔昆，离开了罗马大军，
驰向柯拉廷城堡，他胸中阴火旺，
灰白的余烬里，暗藏着炽热的欲望，
想用烈焰去抱住柯拉廷的夫人——
美丽贞洁的鲁克丽丝纤细的腰身。

不幸呵，恐怕恰恰是“贞洁”这美誉
激起了他的情欲，似磨快了刃锋，
只怪柯拉廷太傻，嘴巴关不住，
称赞她嫩白艳红无匹的丽容，
那美貌正是他欢欣爱悦的晴空，
人间的双星如天仙般晶亮明丽，
投给他纯洁的目光，专一的情意。

前一天夜里，他在塔昆的营帐，
透露出他之所爱，幸福之所系，
上苍赐给他贵重无价的宝藏，
使他拥有这姿容绝代的佳丽，
谈他的幸福，一派高傲的口气，
说国君享有的荣誉高与天齐，
但帝王无法与这位美人匹敌。

哦，只有少数人能享有幸福！
可幸福降临了，很快便萎蔫枯凋，
正如在清晨消融的银亮露珠
抵不住太阳金光赫赫的照耀；
还没有好好地开始，便云散烟消：
荣誉和美人，尽管拥抱在怀中，
却无力自卫，敌不过暴力的猛攻。

美容丽质，凭自身的力量能征服
男人的眼睛，用不着雄辩家帮腔；
那么，又何必喋喋不休地辩护，
来把这独一无二的美貌张扬？
柯拉廷何必让宝珠当众亮相？
他本应不显山不露水，不让人知道，

自己的财宝才能够永远守牢。

也许他夸赞鲁克丽丝貌美德高
正好怂恿了这位骄纵的王子，
要知道心灵时常受耳朵的误导；
也许由于他妒羡这贵重的珍奇，
于是引起了对比，无异于讥刺
他高傲的头脑，请看位卑者竟能
夸耀他们有位高者没有的好运。

总有些冒失的想法使塔昆采取
急躁的行动，不排除这样的考虑：
把他的事业、朋友、地位和荣誉
全抛弃，怀着顷刻间产生的意图，
他前往，去平息心头似火的情欲。
莽撞的虚热呵，会裹进悔恨的寒潮，
仓促的萌芽长不大，在萎缩枯凋！

这个伪君子来到柯拉廷厅堂，
受到那罗马贵妇的热诚欢迎，
她脸上美貌与美德互不相让，
争辩着二者中是谁给了她美名：

美德夸自己，美貌便羞红难为情；
美貌自炫着嫣红，美德瞧不上，
便在那上面盖一层银白的容光。

美貌以维纳斯白鸽[1]的名义宣称
素白为自己所有，挑起了争论；
美德向美貌声明，要索回嫣红，
说红晕原是由美德赠给了青春，
镀上白皙的面颊，为玉颜作金盾；
若羞赧进攻，教面颊把它推出来
抵挡一阵，用嫣红来保卫素白。

斑斓的纹章[2]出现在鲁克丽丝脸上，
看得见美德的淡妆，美貌的红颜：
红色与白皙都争当两者的女王，
都说古道今，来论证各自的威权：
两者都雄心勃勃，不断地争辩；
美貌与美德，都伟大，都至高无上，
它们便经常换宝座，轮流登场。

---

① 维纳斯，罗马神话中美与爱的女神，她的车驾由两只白鸽牵挽。
② 纹章，见本诗205行注。

塔昆见到，在她俊美的脸颊上
白百合与红玫瑰进行着无声的战争，
无邪的士兵围住他奸邪的目光；
在两军夹击中，胆小鬼害怕丧命，
成了百合和玫瑰的俘虏[1]，甘心
向双方投降，可两军宁肯放他走，
也不愿庆祝战胜了假冒的敌手。

他现在察觉，她的丈夫没口才——
吝啬的浪子，竟这样来把她赞美，
承担了重任，却贬损了她的风采——
她的美超过那贫乏的赞辞千百倍！
于是柯拉廷赞她时欠下的词汇
心荡神迷的塔昆用想象来补足，
他屏住气息，圆睁着惊羡的双目。

这人间的圣女受到恶魔的崇拜，
她对奸诈的朝圣者未起疑窦；
纯净的心灵想不到邪恶的祸害，
鸟没遭暗算便不怕僻远的林薮：

① 被俘虏的胆小鬼指“目光”。

就这样她热情款待了嘉宾贵胄，
怀着天真的敬意，她毫无警惕，
他却把邪恶的图谋深藏在心底。

他用高贵的身份把自己伪装，
让威严把内心的罪恶层层遮掩，
看不出他的举动有越轨的迹象，
只时或转动着极度惊奇的两眼，
饱览了一切，却还是贪得无厌；
像个赤贫的富豪，他求索不休，
享有的太多，却渴望更加富有。

她从未遇到过陌生眼睛的盯视，
看不清能言的眼神有什么含意，
读不懂写在这书页边上的注释[①]
包含着怎样狡黠而闪亮的秘密；
没碰过诱饵，便不怕钓钩的诡计：
她毫不理解他肆无忌惮的目光，
总以为那眼睛只是向亮处张望。

① 这里把塔昆的脸比作书页，把他的眼睛比作书页边上的注释。

他在她耳边说到她夫君的名望，
说他为丰饶的意大利屡建战功；
用美言把柯拉廷高贵的名字颂扬，
说他英勇又正直，取得了光荣，
他身披胜利的花环、受损的护胸。
她心里高兴，把手臂高高举起，
向上苍默默地祝贺夫君的功绩。

他丝毫没透露此行的真正目的，
却编出理由来解释自己的行踪；
他那晴朗的蓝天上并没有飘起
乌云来预示即将有暴雨狂风，
直到黑夜——恐惧与忧虑的母亲
向人间世界撒一片朦胧的幽暗，
把白昼收入了她那穹隆形牢监。

塔昆被请进为他安排的寝室，
他假装耗费了精神，困倦不堪；
因为晚饭后他与端庄的鲁克丽丝
长时间交谈，消磨了这一个夜晚。
昏沉的睡意与生命的活力在争战；
这时候人人都要去安歇就寝，

除了盗贼、忧伤者、烦恼的心灵。

塔昆就是不眠人，他辗转思量
他的图谋会招致怎样的危险，
然而他决意去满足心中的欲望，
渺茫的前景止不住他放弃邪念。
没希望盈利，对盈利更加垂涎；
脑子里只想到将获得巨大的宝藏，
哪怕后果是一死，也不再多想。

贪心的人们利令智昏，总迷恋
尚未占有的东西，可是守不牢
已有的一切，让那些财宝失散；
这样子越是贪多，得到的越少，
或者是得到的过多，接纳不了，
还必须忍受暴食引起的后患，
他们是富而又穷，免不了破产。

人到了暮年，生命的目的不外乎
取得荣誉、财富、生活的安逸；
为此要克服万难，要冒险为全部
而舍弃一件，为一桩而牺牲全体：

正如激战中用生命去博取荣誉，
为财富而抛却名望，财富却常常
带来全体的毁灭，把一切都丢光。

为实现意愿，我们敢于做一笔
蚀本的生意，丧失了我们的本性；
患上了污秽可耻的贪婪这痼疾，
已经够富了，它借口还不够丰盈，
而折磨我们，我们便不再关心
已有的财产，就因为缺乏理智，
为得到更多的，却把已有的丧失。

这时痴迷的塔昆竟铤而走险，
为满足淫欲他不惜抵押荣名；
为了他自己，把自己抛在一边。
对自己都不忠，哪里去寻找忠贞？
既然他自己毁灭了自己，甘心
受众人辱骂，度可怜无趣的生涯，
他怎能指望陌生人来说公道话？

死一般沉寂的深夜悄悄地来到，
酣浓的睡眠合上了人们的眼睛。

天上没一颗安恬的亮星在闪耀，
鹰叫与狼嚎的凶兆打破了寂静；
叫声即将使天真的羔羊惊醒，
时候到了，贞洁已沉默，已麻木，
淫欲与杀机正醒着去玷污，去屠戮。

好色的王子从床上一跃起身，
他拽过披风胡乱地披在肩膀上；
在邪欲和恐惧之间他犹豫不定；
一个引诱他，另一个担心会遭殃。
老实的恐惧受邪念蛊惑而彷徨。
恐惧虽常常劝导他抽身后退，
却被那疯狂暴戾的淫欲击碎。

他在燧石上轻击着他的弯刃剑，
冰冷的石头迸发出飞舞的火星，
他借这火星很快地把蜡炬点燃，
蜡炬像北极星引导他淫亵的眼睛；
他深思熟虑，对蜡焰表明决心：
“我既然能迫使燧石把火星爆出，
就一定能迫使鲁克丽丝听我摆布。”

因恐惧而面色苍白，他事先思忖
他的恶行会带来怎样的危机；
在内心深处他不断与自己辩论
事后会出现怎样可悲的结局。
于是他脸带轻蔑地决心舍弃
他的铠甲——那屡遭扑灭的欲望，①
合理地约束住他那非礼的思想：

“美丽的火炬，烧尽你的光，不准你
把她比下去，她的光比你更明亮；
死去吧，邪恶的念头，再也不许你
用污泥浊水去玷辱圣洁的形象；
给纯净的神龛送去纯净的天香。
爱情的纯白衣裳被罪行玷污，
仁慈的胸怀对此怎么能宽恕。

“可羞呵！侠义的骑士，威武的干戈！
地下的祖先呵，要蒙受奇耻大辱！

① 这一诗行是引起注家们多种解释的神秘诗行。据吉特列奇（kittredge）解释，此行意为：“在此项冒险事业中他的唯一的铠甲就是色欲……那不是真的铠甲，因为它一旦得到满足，便总是等于被杀死（扑灭，消失殆尽），色欲的满足杀死了色欲。”

渎神的恶行呵，将招来悲惨的后果！
勇敢的军人呵，竟要做猎艳的丑奴！
真正受尊敬才算是真正的勇武。
我踏上歧途，是这样龌龊卑鄙，
我脸上会刻下恶行的恒久印记。

“而且，我死了也不能摆脱羞耻，
那是我金甲纹章上触目的丑斑。[①]
纹章官会设计可憎的耻辱标志，
指出我曾经愚蠢地沉迷于淫乱：
我的后代将为此而含羞抱怨，
将诅咒我的尸骨，不以为罪愆，
只愿我，他们的先父，没来到人间。

“即便达到了目的，赢得的是什么？
梦幻、空气、泡沫般飞逝的欢笑。
得片刻欢娱，换来一星期哀哭？
为了个玩偶，把永生的希望卖掉？

① 纹章起源于古代欧洲，是用以识别身份的标志。从公元12世纪起，西欧开始普遍使用纹章图案，其主体往往是盾形纹。到中世纪后期，佩戴纹章表示出身高贵。家族纹章亦称家徽或族徽。骑士的纹章常绘于军服或甲胄上。如果纹章上附加了惩戒性的耻辱标志（“触目的丑斑”指此），就说明佩戴者有了不名誉的劣迹。纹章官是负责设计、记录、解释纹章的官吏。

摧毁葡萄藤，为了尝一颗甜葡萄？
多蠢的乞丐，为了摸一摸王冠，
被帝王的节杖一下子击倒也心甘？

“假如柯拉廷梦见了我的行迹，
难道他不会惊醒，怀一腔怒火，
飞速地赶来，阻止我达到目的？
这对于他的婚姻，是围困，折磨，
是玷污青春，是给予圣者的灾祸，
贞洁呵处境危殆，羞辱将长在，
罪行将遭到千秋万代的指摘。

“唉！你若是责骂我丧尽天良，
我又能编出怎样的托词来辩解？
我岂不张口结舌，腿关节摇晃，
两眼一抹黑，虚伪的心肠滴血？
罪行严重呵，恐惧更严酷，更剧烈；
既不能前去作战，也无法脱逃，
懦夫般心惊胆战，等死亡来到。

“假如柯拉廷杀过我幼子或老父，
或曾经设下埋伏要对我下毒手；

假如他不是我的密友，我唐突
他的爱妻就还能找到个借口，
好比是冤冤相报，报一箭之仇：
然而，他正是我的亲戚和好友，
这耻辱和罪过便没了理由和尽头。

“可耻啊，假如向世人公开这件事。
可恨啊，但是爱与恨不能共处。
我求她爱我，她却不属于她自己。
最坏的结果是遭她斥责和严拒。
理智太软弱，难改我顽强的意图：
谁要是敬畏箴诫或尊长的训谕，
墙头画[①]也会促使他有所戒惧。”

他心中展开了一场粗野的争吵，
冷冻的良知和炽烈的欲念对峙，
他横下心来，放逐了善良的思考，
却怂恿邪恶的意向去占据优势；
这恶意立即把一切纯洁的情思
打倒并加以摧毁，更扩大战果，

① 墙头画，指常挂在墙上以代替壁毯的绘画，画的内容大都是《圣经》故事或希腊、罗马传说，画上常有道德箴言。

使为非作歹表现为行善积德。

他说："她把我的手友善地拉起，
凝视我热切的眼睛，想了解底细，
只怕我会从前线带来坏消息，
因为她爱的柯拉廷正在军营里。
忧虑呵，促使她脸上升起了红霓！
红如丝绢上两朵玫瑰花呈艳，
顷刻间玫瑰拿走了，又白如丝绢。

"我的手握住她的手，两手紧相扣，
她由于忧惧而发抖，我的手跟着颤，
这使她更加惊疑，手抖得更急骤，
直到她听说她丈夫一切平安；
于是她笑了，露出迷人的笑颜，
假如那耳喀索斯[①]见到这模样，
他就决不会因自恋而沉入汪洋。

① 那耳喀索斯（Narcissus），希腊神话中的美少年。回声女神爱上了他，他却不爱回声女神，致使她憔悴而死。其他自然女神为了报复，使那耳喀索斯爱上水中自己的影子，他得不到所爱者，最后憔悴而死；一说他下水去拥抱自己的影子，因而溺毙；死后化作水仙花。那耳喀索斯的引申义为"孤芳自赏的人""顾影自怜者""自爱者"。

“我还用找什么借口，把自己伪装?
美本身说话了，雄辩家便不必多言。
可怜虫才因可怜的过错而懊丧；
爱之火不会在胆怯的心中点燃。
情欲是我的统帅，指引我向前；
只要他华丽的旗帜在前面飘扬，
胆小鬼也会拼上去，不再惊慌。

“滚开，幼稚的恐惧！停止吧，争辩！
让慎重和理智去侍奉龙钟的老耄！
我的心决不会跟我的眼睛为难；
只有圣哲才瞻前顾后地思考；
我是个年轻角色，不演这一套。
情欲是我的向导，美色是目标，
谁担心溺水，既然对岸有珍宝？”

像麦苗被杂草覆盖，慎重的顾虑
几乎被无法抵御的情欲窒息，
他竖起耳朵仔细听，偷偷溜过去，
怀揣罪恶的希望和罪恶的狐疑；
希望和狐疑如奴仆伺候着不义，
两者相悖的诱导插入他脑际，

使他一会儿休战，一会儿进击。

他的想象中，她形同天仙般端坐，
在她的座位上同时并坐着柯拉廷。
一只眼贪看她的脸，使他失措；
一只眼正视她夫君，较为虔敬，
这只眼不会赞同这不义的行径，
就发出真诚的呼吁，求助于心灵，
可心灵已经被腐蚀，竟倒向恶行。

这想象调动起他那卑劣的膂力，
寻欢的心灵使膂力得意忘形，
使淫欲鼓起来，如分秒填满了小时；
膂力跟心灵一样，越来越骄矜，
卑下地给心灵献上超额的贡金。
受到邪恶的意欲疯狂的引诱，
这罗马王子迈向鲁克丽丝床头。

在她的卧室与他的意愿之间
每一把铁锁都被他强行开启；

铁锁开启时，一个个责骂他疯癫，[1]
潜行的窃贼更不免小心翼翼。
户枢的摩擦声指出了他的行迹；
夜游的鼬鼠见到他，尖叫一声，
他心中害怕，却继续冒险的进程。

每扇门都勉勉强强地给他让路，
夜风使劲地钻进小孔和缝隙，
向火炬挑战，使他的行动受阻，
风向他脸上吹去火炬的烟气，
终于吹灭了引导他行进的火炬；
他的心被情欲烧灼，躁动不安，
吹出另一股风来把火炬点燃。

火炬又点着，他凭着亮光见到
鲁克丽丝的手套，有银针缀在上面；
他拾起那躺在灯心草上的手套，[2]
把它紧握住，银针刺痛了手指尖，
针似乎在说："对于淫邪的冒犯，

① 责骂，指生锈的铁锁开启时吱吱作响。
② 在莎士比亚时代的英国，常在室内地上铺灯心草，略似后来的地毯。古罗马人其实无此习惯。

这手套不能适应，快回吧，别再来；
瞧啊，我们夫人的饰物多洁白！”

可怜的障碍都不能制止他向前；
他做出种种解释，无理又横蛮。
门扇，夜风，手套，曾将他拖延，
他却把这些看作意外的磨练；
好似刻线[①]控制着时钟的运转，
他只好走走停停，慢慢地举步，
让每分每秒都把该做的做足。

“是的，”他说：“一路上有这些阻碍，
正如有时候晚霜来惊扰春天，
是为了给春日增添更多的欢快，
为了给寒禽更多的理由去鸣啭。
为取得宝物，一定要忍受苦难。
对巨岩、烈风、剧盗、险滩和狂沙，
商人不畏惧，才能够致富发家。

此刻他已经来到卧室的门边，

① 刻线，指刻在钟面上的把一小时划分成六十分的条纹。

这门隔断了他魂牵梦萦的仙姝，
门上没别的，只一个易拔的门闩
阻止他取得他一心追求的幸福。
作恶的邪念烧得他晕晕乎乎，
为取得猎物，他竟然祷告不辍，
仿佛上苍会支持他作奸犯科。

在他那劳而无功的祷告声里，
他已向永恒的神明祈求赐福，
祈愿他终能亲近那贤德的佳丽，
想做的丑事到时候会通行无阻，
他惊起；说道："我这是偷香窃玉，
神明对这事必定要深恶痛绝，
怎么会因我祈求便助我作孽？

"让爱情和好运做我的天神和指南！
坚定的决心支撑着我的意愿；
只空想而不去实践不过是梦幻；
滔天的罪行被赦免就等于没干。
爱情的烈火能化解畏惧的严寒：
上苍的眼睛熄灭了，朦胧的夜幕
把贪欢带来的羞耻严严地遮住。"

说完这句话，他动手把门闩拔掉，
然后用他的膝盖把门扇顶开。
鸽子睡得甜，猫头鹰想把它抓到；
没人发现这歹徒要暗中加害。
瞧见潜行的毒蛇，人人躲得快；
可是她睡得香甜，高枕无忧，
任凭那毒蛇来咬致命的一口。

他心怀鬼胎，偷偷地溜进卧室，
注视着她那纯洁无疵的床铺。
床幔合拢着，他绕床走来走去，
额前滚动着一双贪婪的眼珠；
心灵被悖谬的眼珠引入了歧途，
立即对双手发出行动的暗号，
去把那遮蔽银月的乌云清扫。

瞧啊，她正如火一样艳丽的太阳
从云间喷出，烧灼着我们的视线；
床幔一拉开，他两眼便立即闭上，
比太阳更强的亮光使他缭乱。
不知是不是她一身夺目的光焰
照得他晕眩，还是他感到羞赧，

他两眼漆黑，只好紧闭着眼帘。

假如他两眼死在黑暗的牢房[①]，
那就算见到了这桩罪行的终止；
柯拉廷又会来到鲁克丽丝身旁，
在这洁净的床榻上安静地休憩。
但两眼势必睁开来杀这对夫妻；
圣洁的鲁克丽丝面对两眼的逼视
势必把生命和人世的欢乐丧失。

洁白的手臂在红润的脸颊下搁着，
不让枕头对嫩腮合法地亲吻；
枕头发了火，似乎要裂成两半个，
两边鼓起来，想夺回失去的福分；
在两山之间，她的头埋得深深，
像一尊贞洁的石像，她躺在床上，
让那双淫亵的眼睛来百般赞赏。

床边斜倚着她的另一只玉臂，
映衬着绿色的床单，洁白无比，

① 黑暗的牢房，指上文“他两眼漆黑，只好紧闭着眼帘”的情状。

像一朵四月的雏菊，盛开在草地，
晶莹的汗珠恰似夜晚的露滴。
她的两眼如金盏花收敛了亮丽，
隐在淡淡的暗影里，睡得甜美，
等着到时候睁开来为白昼增辉。

秀发如金丝，随呼吸而起伏游戏，
哦，温雅的放纵，任性的谦虚！
死的图形上显示出生的胜利，
有限的生命中含着死亡的阴翳。
睡眠中，生与死都使对方更美丽，
似乎这二者之间从没有纷争，
只是生中有死，而死中又有生。

象牙球似的双乳环布着蓝晕，
是两片未受蹂躏的贞节地带；
除了对夫君，不对任何人屈尊，
发誓只对他真诚地侍奉，爱戴。
见双乳，塔昆重新怀上了鬼胎；
像个罪恶的篡位者，他即刻动手，
要从宝座上把在位的主君赶走。

除刻意留心的，他能够瞧见什么？
除强烈渴望的，他向什么去观看？
面对眼前的景象，他屏息注目，
那双贪馋的眼睛凝视得发酸，
他礼赞，不，超过了礼赞，他迷恋
她玉石一般的肌肤，蓝色的脉络，
珊瑚一般的嘴唇，雪白的酒窝。

像猛狮见到猎物便变得温顺，
征服的喜悦满足了强烈的饥渴；
塔昆收住脚，盯着这熟睡的灵魂，
淫欲的冲动在凝视中渐趋缓和，——
松弛了但没有平息，他站在床侧，
那一双眼睛，刚刚遏制了反叛，
又诱使血脉掀起更大的骚乱。

那血脉像一路掳掠的乌合之众，
凶悍的兵丁，热衷于野蛮的战绩，
欢呼血腥的杀戮、放纵的奸淫，
全不顾孩子的哭叫、母亲的哀啼，
趾高气昂，期盼着出击的时机。
他的心狂跳，敲响作战的警钟，

下达冲锋令，叫血脉按意志进攻。

擂鼓的心脏为燃烧的眼睛鼓劲儿，
他的眼吩咐他的手把先锋担当；
他的手得此殊荣，便得意忘形，
傲气熏天，大踏步进军，直开往
裸露的胸脯，她全部领地的中央；
他的手进犯，逼退蓝色的血脉，
使一双圆塔变得贫瘠而苍白。

血液向宁静的心房奔涌汇集，
哪管女主人正在心房里安寝，
一阵混乱的呼叫使她惊悸，
禀告说她已遭到可怕的侵凌。
她万分惊愕，睁开紧闭的眼睛，
向外窥视，要看清是什么骚乱，
蜡炬的凶焰照得她什么也不见。

试想有一个女子在夜半时刻
突然被可怕的梦魇惊醒了酣眠，
以为自己见到了鬼怪或妖魔，
狰狞的面目使骨节一根根震颤：

多么吓人哪！而她的遭际更惨，
梦境已经被打破，她亲眼目睹
想象的惊惶成了真实的恐怖。

她陷入种种惊惧与极度的惶乱，
像刚遭捕杀的小鸟颤抖不停。
她不敢睁眼，眼前却依然出现
迅速变形的鬼怪，丑陋而狰狞。
那是她虚弱的脑筋臆造的幻影；
脑筋生气了，恨眼睛逃离了光明，
就用更可怕的景象威吓眼睛。

塔昆的手呵还抚着她的双乳——
如攻城巨槌，向象牙城墙撞击！——
摸到她的心（可怜的市民！）在受苦，
在拼命把自己毁伤，跃起又倒地，——
敲击着她的身，他的手也随之颤栗：
这使他更加疯狂，更少怜悯心，
去打开缺口，进入迷人的城镇。

塔昆的舌头首先如喇叭吹响，
声称他要同受惊的对手谈判，

她探出更白的下巴在白色床单上，
想弄清这突然袭击究竟为哪般；
他只用沉默的举止来表明心愿：
但她强烈地要他把理由讲清，
凭什么名义他敢于犯下这罪行。

他这样回答："你那美丽的容颜，
使百合感到恼怒而变得苍白，
使玫瑰自惭形秽，羞红了脸面，
会为我辩护，为我诉说一片爱。
我来攻取你从未失守的要塞，
就以这名义：失误由你来负责，
是你的媚眼把你出卖给了我。

"假如你斥责我，我预先把你钳制：
你的美已使你陷入今夜的网罗，
你必须顺从地按我的意志行事，
只有你能使我得到世间的极乐；
我必将竭尽全力去摘取甜果：
理智与自责刚压下我的欲念，
你亮丽的姿容又把它重新点燃。

“我明白这图谋会带来怎样的忧烦，
我知道玫瑰用怎样的尖刺来防身；
我想到蜂蜜靠螫针来保障安全：
所有这些都事先劝我要谨慎。
但‘欲望’聋了，朋友的忠告听不进；
他有一只眼专用来向美人凝视，
痴迷到极点，全不顾法律和天职。

“我已同自己的良心讨论过，这举动
会引起怎样的不幸、痛苦与耻辱；
但什么也阻挡不了爱欲的奔涌，
教他那横冲直撞的色胆停步。
我明知随后就会因懊悔而痛哭，
还会遭责骂、鄙弃、刻骨的仇视；
我仍要全力以赴，去拥抱丑事。”

他说着，高高地挥舞着罗马宝剑，
那宝剑像空中盘旋搜索的猎鹰，
鹰翅的阴影使小鸡缩成一团，
钩形嘴威胁着，动一动便会丧命：
无辜的鲁克丽丝面对侮慢的剑刃，
仰卧着，恐惧中颤抖不止，听他讲，

如小鸡听着猎鹰的铃儿叮当响。

“鲁克丽丝！”他说，“我今晚要把你享有。
你若是拒绝，我就以武力相逼：
我横下心来要把你摧毁在床头；
然后再杀死你一名卑微的奴隶，
去损毁你的名誉和你的肉体；
在你僵死的双臂里我让他安歇，
发誓说见你拥抱他才将他处决。

“于是你那活着的丈夫将成为
每个冷眼观望者讥刺的对象；
你家人在讪笑声中把头颅低垂，
儿孙被当作杂种，遭众人诽谤。
是你，让他们把这等恶名担当；
你这桩罪孽将被人编进歌篇，
今后的岁月里，孩子们把它唱遍。

“如果你顺从，你我可暗中亲近；
罪行没有人知道，就等于没犯。
为了至善的目标而稍作牺牲，
法律也认为这做法情有可原。

毒草有时候跟香草搀和、搅拌，
成为纯正的合剂，给病人吞服，
它的药力中便不再含有毒素。

“为了你的丈夫和子孙的缘故，
请答应我的恳求；不要给他们
留下怎样也无法摆脱的耻辱，
永远也不会被人忘记的污损，
有甚于婴儿的胎记、奴隶的烙印，——
人们出生时身上带来的青痣
归咎于自然，不是自己的过失。”

瞪一双毒蛇般露出杀机的眼睛，
他站直身子，暂时停止了讲话；
而她，本来是一片纯真与虔敬，
像白色母鹿落入兀鹰的利爪，
在荒野里哀求，这儿可没有王法；
凶残的禽兽不懂得半点温柔，
不服从一切，除了淫邪的欲求。

当黑色云团威胁着向世间逼近，
阴沉的雾气遮住巍峨的群山，

从大地中心忽吹来清风阵阵，
浓黑的烟霭被刮得四下逃窜，
暴雨被阻止，靠风把乌云驱散；
他急于造孽，被她的语话推延，
俄耳甫斯弹琴，普卢同紧闭两眼。①

恶猫在夜里醒着，把猎物戏耍；
小耗子挣不脱利爪，直喘作一团。
她神态严肃，反使他情欲大发，
他的欲壑填不满，贪求没个完。
他耳朵听她的哀告，他的心却不愿
把大门打开，让她的怨诉进入；
雨能化石，泪却能把淫心加固。

她乞求怜悯的眼睛悲切地凝视
他那紧蹙着眉毛的冷酷的面孔，
她吐出谦恭的话语，夹杂着叹息，
使她的雄辩添几分高雅雍容。
她的话时常停顿在句子当中，

① 希腊神话中，俄耳甫斯是诗人、音乐家。其妻被毒蛇咬死，他追到冥府，以琴声感动了冥王普卢同，冥王允许他领回妻子，但不准他在过冥界前回头看妻，他中途情不自禁地回顾，其妻终被留在冥府。

还没有说到一半便突然中断，
有两次话到嘴边又难于开言。

她向他恳求，凭天帝约夫[①]的名义，
凭骑士高贵的身份、友谊的誓盟，
凭丈夫的爱情和不该挥洒的泪滴，
凭人类神圣的公德、共守的忠信，
凭苍天和大地、天地间一切神明，
恳求他赶快回到他借宿的床上去，
要服从荣誉，别屈从邪恶的淫欲。

她说："不要打算用污黑的报酬
来答谢我对你这样热情的款待。
请不要弄脏供你解渴的泉流，
也不要把不能修补的东西损坏。
不要再瞄准，趁箭还没有射出来；
季节还没到就袭杀可怜的母鹿，
这样的射手算不得真正的猎户。

"我丈夫是你的朋友，为了他，放开我。

① 约夫，希腊神话中最高的天神，即宙斯。也就是罗马神话中的朱庇特。

你是条好汉，为了你自己，快走。
我是个弱女子，请你不要陷害我。
看上去你不像骗子，别骗我上钩。
我的叹息如旋风能把你刮走；
只要男子汉能怜惜呜咽的女人，
就请你怜惜我流泪、叹息、呻吟。

“泪水、叹息和呻吟，如海浪腾翻，
击打你礁石般威胁航船的心脏，
用连续不断的冲激使它变柔软，
石头一旦被溶解，会化入汪洋。
假如你内心不像石头般顽强，
在我的泪水中溶解吧，发发善心！
仁慈和怜悯会进入铁铸的大门。

“我把你款待，因你有塔昆的外表，
难道你扮作塔昆给他添羞耻？
我要向天上所有的神祇控告——
你损毁塔昆的荣誉、王胄的姓氏；
你不是你所冒充的那人，假如是，
你也不像你——一位天神或君王；
君王似天神，能控制万事不失常。

"还没到盛年，你的恶念已发芽，
等你更长大，耻辱必然结硕果！
你现在是储君，就胆敢施暴逞霸，
一旦当上了国王，什么事不敢做？
你要记住啊，普通的臣民作了恶，
一桩桩一件件，都不能一笔勾销，
君王犯了罪又岂能在坟里逍遥！

"这样做，臣民对你因惧怕才拥戴；
因拥戴才惧怕，只对坦荡的国君。
对违法乱纪者，你势必姑息，忍耐，
因他们能证明你犯了同样的罪行。
你要是害怕这一点，就应该抽身；
君王们好比是镜子、书本、学校，
臣民的眼睛学着、读着、盯着瞧。

"你可愿当学校，让淫棍来进修用功，
从你的身上把可耻的课业学得？
你可愿当镜子，让淫棍从照影当中
看出逞凶有根据，犯罪得认可，
借你的名义为无耻的丑行开脱？
你是在支持对不朽美名的攻击，

把贞洁的声誉变成淫贱的娼妓。

“你有权下令吗？凭神明授予的权柄，
你敢叫贪欲背叛纯洁的心灵？
别抽出宝剑来护卫邪恶的罪行，
给你剑是为了诛杀罪孽的子孙。
有你作先导，无耻的罪犯会声称
正是你教会他怎样去施暴作孽，
那么你怎能去完成王子的大业？

“想想看，这是个多么丑恶的场景，
假如是别人像你这样地越轨。
人们很少能看清自己的恶行，
总是想粉饰自己悖逆的行为。
别人这样干免不了定为死罪。
啊，那些人终将被恶名紧裹，
如果他们不正视自己的罪过！

“向你，向你呵，我举起双手恳请——
这不是向诱人堕落的淫欲哀求。
我求你召回被你放逐的自尊，
叫他归来，叫谄媚的妄想退走；

让你的自尊锁住淫邪的念头！
快从你痴迷的眼睛里擦去灰尘，
看清你我的处境，对我发善心。”

“别说了，”他说，“我心中欲潮翻腾，
不会因受阻而退去，反而更高涨。
微火会很快熄灭，可烈焰燃不停，
借助于猛烈的风势，它越烧越旺；
小溪每天向咸涩的大海流淌，
带着一股股清澈的淡水奔向前，
海水增加了，咸味却无从改变。”

她说：“你就是大海，至尊的君王，
看呵，邪欲、奸诈、耻辱与妄念，
这一切全都注入你无边的海洋，
要把你血液的洪流肆意污染。
假如你的良知被恶德偷换，
你的大海就会在泥潭里埋葬，
而不是泥潭在你的大海中消亡。

“奴才要称王，你成了他们的奴仆：
他们卑微却尊荣，你高贵但低下；

他们被你放了生，却给你坟墓；
你为了他们、他们为了你，遭唾骂。
区区的卑贱怎么能遮盖伟大！
高耸的雪松不会对灌木弯腰，
低矮的灌木在雪松脚下枯凋。

“让你的邪念，你的贱仆，退走——”
“住嘴”，他说，“我决不再听你唠叨。
顺从我的爱，否则，挑起的冤仇
将代替爱抚，把你撕扯成碎条；
完事后，我还要下狠心把你拖到
某一个下贱的男仆肮脏的床边，
让他在耻辱的劫数中与你做伴。”

塔昆说完后便一脚踩灭了烛光，
因为光明和淫欲是相克的死敌；
丑行总是在隐蔽的黑夜里潜藏：
极难见到的，是极度暴戾的行迹。
饿狼已逮住猎物，羔羊在哀啼，
直到她自己的绒毛把哭声堵塞，
呼叫被甜嫩双唇的围栏掩埋。

塔昆拿起她夜间穿着的睡衣，
塞进她嘴里，堵住了惨切的叫嚷，
坚贞的眼睛里涌出圣洁的泪水，
把塔昆火热的脸庞濡染得冰凉。
贪欲呵，竟然玷污了洁白的卧床！
假如哭泣能洗净这样的污垢，
她的泪便将永远洒落在上头。

她所失去的东西比生命更宝贵，
而他所得到的东西将再次失去；
强迫苟合后必然是进一步敌对；
瞬间的欢乐带来长久的痛苦；
灼热的欲念化作冰凉的嫌恶。
纯洁贞节的宝库被全部盗空，
淫欲这盗贼比以前更加贫穷。

正像餍足的老鹰，吃饱的猎犬，
不再想疾飞，嗅觉也不再灵敏，
追捕猎物原本是天性所喜欢，
此刻它们只慢慢追，或干脆放行。
塔昆在今夜暴食后情况相近：
原来是美食，吞下后，变得酸涩，

他是吞噬了靠吞噬活命的欲火。

罪孽呵，玄想的头脑挖空心思
也想象不出罪孽有这样深重！
烂醉的邪欲须吐出吞下的东西
才能看清楚自己可憎的面容。
他恣意纵欲，谁来呵斥也没用，
炽热的情焰难熄灭，欲火难遏制，
像野马任性地驰骋，把自己累死。

一张脸失去血色，枯瘦而细长，
眼光呆滞，眉紧蹙，脚步蹒跚，
软弱、怯懦、胆小又可怜的欲望，
像乞丐途穷，哀叹处境的艰难。
肉欲膨胀时，淫秽与贞洁激战；
一夜风流，当欢乐已化为乌有，
罪孽深重的叛贼又祈求宽宥。

这就是罪恶的王子目前的心情，
他曾经热切地追求极乐的仙境，
而现在他却宣判对自己要严惩：
他终将受到万世的唾骂与痛恨。

他灵魂的圣庙已经被捣毁，夷平，
在圣殿废墟上，成群的忧虑集合，
来叩问蒙垢的女神①情况如何。

她②说道，她的臣僚们犯上作乱，
已经彻底摧毁了圣庙的墙基，
叛将们压服了她的不朽的尊严，
穷凶极恶地把她贬斥为奴隶，
活着受死罪，承担着无穷的苦难；
对此，她早有预见，掌握了一切，
但是，她无法防止他们去作孽。

这样想着，他悄悄趁黑夜溜走，
被俘的赢家，他同时获取又丢失，
他身上带着永不愈合的伤口，
任何良医也难除疮疤的痕迹；
他甩下受害人，使她更痛苦不已，
她在承受着他的纵欲的后果，
他所负载的是他负罪的魂魄。

① 蒙垢的女神，指圣庙的主人：塔昆的灵魂。
② 她，指“他（塔昆）的灵魂”，即上一行的“女神”。

他像偷食的癞狗在那儿爬走，
她躺着喘息，像羔羊神疲力倦；
他皱着眉头，恨自己行为污臭，
她极度绝望，用指甲把皮肉撕烂。
他落荒而逃，因畏罪而浑身冒汗；
她待在房中，诅咒这可怕的黑夜，
他奔逃，责骂那已经逝去的欢悦。

塔昆离去了，心里是沉重的悔恨，
她被抛弃了，在绝望的境地哀叹；
他飞速奔逃，盼望晨光的来临，
她却祈求着再不要见到白天：
她说："黑夜的孽障到白天会显现，
我两眼诚实，从来没学过如何
做出狡狯的表情来遮盖罪恶。

"我两眼只想到，在白天人人睁眼
看得见那丑事，像在我眼前演出；
因此我眼睛宁愿固守着黑暗，
以便隐蔽的罪恶不至被公布。
我眼睛一哭就会把罪行暴露，
泪水跟侵蚀钢铁的镪水一样，

会把无奈的羞辱刻在我脸上。”

她大声诅咒夜间的安恬与宁静，
还命令两眼今后永不见亮光。
她猛击胸脯来唤醒自己的心灵，
叫心灵跳出去另找纯洁的胸腔，
在那里好让纯洁的心灵安放。
她悲痛已极，简直要发狂，面对
幽冥的黑夜，她倾诉满腔的怨怼：

“绞杀温馨的黑夜呵，你形似地狱，
你的灰纸上记载着、证实着耻辱，
你专演惨剧和凶杀的黑色氍毹，
窝藏罪恶的渊薮，孽障的保姆！
蒙眼的老鸨，给邪恶避风的黑屋，
死亡的阴森洞穴，跟叛徒、强奸犯
私底下商议，串通好一起作乱！

“啊，雾气弥漫的、可恨的黑夜！
我受伤难愈，你既然对此有责任，
就该聚烟雾来挡住晨曦的光烨，
跟循规蹈矩的时间程序相抗衡；

假如你允许太阳一步步上升，
爬到高空，那就该趁他没就寝，
织出些毒雾罩住他金色的头顶。

“要趁太阳还没上正午的峰巅，
用霉烟浊雾去毒化早晨的清气；
要让致病的恶臭向四处扩散，
去破坏宏伟的美景、纯洁的生机。
把你的乌烟瘴气聚拢在一起，
叫太阳锁闭于雾霭密集的阵列，
到中午就日落，带来恒久的黑夜。

“假如塔昆是黑夜（他本是夜所生），
他就会玷辱银光四射的月亮；
会污损她的侍女——闪烁的星星，
使她们再不能从黑夜向外探望。
这样，悲痛中我就有伙伴好依傍；
患难之交总能够把痛苦减轻，
如同香客们聊天能缩短路程。

“我这里羞愤难当，却没人陪伴我，
没人挨着我，垂着头，合抱着胳臂，

还遮住脸面，藏起身上的污浊，
只有我孤零零坐着，心力交瘁，
洒银色咸雨，给大地浇灌泪水，
一面说，一面哭，痛苦中夹着呻吟，
消逝的哭诉记载着永恒的悲辛。

“长夜啊，你这冒着臭烟的火炉！
不要让多疑的白昼瞧见我的脸，
这脸在你的黑袍覆盖下隐伏，
含垢忍辱，承受着痛苦的熬煎。
你尽管继续统领着阴暗的地盘，
这样，在你的管辖下发生的孽障
都可以在你的黑色阴影里埋葬。

“我不做白昼暴露隐私的目标：
阳光会照出刻在我眉间的字迹——
它叙述完美的贞节如何枯凋，
神圣婚姻的盟誓怎样被背弃；
是啊，无知的文盲面对着书籍
根本读不懂其中高深的学问，
却能看出我脸上有劣迹污痕。

“奶妈哄孩子，会讲述我的故事，
用塔昆这名字来吓唬啼哭的幼婴。
演说家为了使演讲更生动有力，
会辱骂塔昆，连带着指责我不贞。
助兴的歌手会弹唱我的丑闻，
叫宴客仔细听一句句歌词描述
塔昆羞辱我，我又把柯拉廷羞辱。

“愿我的美名，那无知无觉的声誉，
为了柯拉廷的情分，能免遭污损。
这名声若成了街谈巷议的题目，
另一棵树上的枝叶也会凋零，
柯拉廷会受到不该受到的苛评；
我受到玷辱，他对此没丝毫干系，
正如我此前对他也忠贞无比。

“啊，隐秘的羞耻，无形的贬抑！
不痛的创口，有损门庭的暗伤！
柯拉廷脸上已刻有贬辱的字迹，
塔昆老远就能够见到那词章，
他不是在战时而是在平时负伤：
唉！多少人遭受着类似的打击，

打击者明白，挨打者却蒙在鼓里！

“你的荣誉若系在我身上，柯拉廷，
那么它已被暴力从这儿夺走，
我的蜜丢了，我已经变成了雄蜂[①]，
在遭到凶残的蟊贼洗劫之后，
我整个夏天的劳绩已化为乌有。
黄蜂混进了你的脆弱的蜂房，
吸尽了忠诚的蜜蜂守护的蜜浆。

“你的名誉受损害，我对此有责任，
但我是为你的名誉才热情款待他；
他来自你那儿，我不能撵他出门，
我要是对他怠慢，会被人笑骂，
何况，他还诉苦说他已经困乏。
他大谈美德，可恨！真叫人看不出，
这恶鬼当时已经把美德玷污！

“为什么害虫要闯入真纯的花蕾，
可恶的杜鹃要在雀巢中成长？

① 雄蜂是不采蜜的。

为什么蟾蜍用毒泥来污染泉水，
凶残的恶德在温柔的胸中潜藏？
为什么违反国王命令的正是国王？
世上并没有绝对的完美存在，
白璧总是要受到瑕疵的损害。

“把金银财宝锁入箱子的老头，
被痉挛、痛风和阵阵抽搐所折磨，
两眼顾不得对他的财宝瞅一瞅；
他坐着，像坦塔勒斯[①]，焦渴又饥饿，
徒然储藏着他精心积攒的成果，
收获没给他带来丁点儿欢笑，
只有治不好病痛引起的烦恼。

“这样，他拥有财富，却没能用上，
因而他留下遗产给儿子去掌管，
儿子们年少轻狂，很快挥霍光，
老父太虚弱，儿子们又过于强悍，
都不能守住这祸福参半的家产：

① 坦塔勒斯，希腊神活中主神宙斯和自然女神普洛托之子。他因得罪众神而被罚入冥界，拘于一个湖的中央。四周是水，渴时低头去喝，水即退去，使他永远喝不到水；头上满树是果子，饿时伸手去摘，树枝即抬高，使他永远吃不到果子。

我们想要的蜜糖，忽然变酸涩，
就在我们刚得到蜜糖的时刻。

“狂风暴雨恭候着娇嫩的枝条；
恶草纠缠着奇花异卉的根梢；
好鸟歌唱的地方，毒蛇嘶嘶叫；
美德的产物，往往被邪恶吞掉。
我们想要好东西，总是得不到。
得到的只有夹带着恶果的机缘，
它扼杀好东西，或将其本性改变。

“机缘呵机缘，你的罪实在不轻！
是你，给奸贼提供借口去犯罪；
是你，使豺狼轻易地扑向羊群；
是你，给阴谋作恶者送去机会；
是你，踢开了正义、理智和法规；
罪恶在你的黑洞里，没人看得出，
它虎视眈眈，把走过的生灵逮住。

“你迫使贞女违背自己的盟誓；
节制一松懈，你就把欲焰狂煽；
你扼杀贞洁的美德，你谋杀信义，

你这卑污的老鸨，恶毒的教唆犯！
你播种诽谤，公然把美誉偷换；
你这淫贼、逆贼、坑人的窃贼！
你的蜜变苦，你的欢乐变伤悲。

“你暗中的欢娱会变成公开的丑闻，
你个人的盛宴将促使众人持斋，
你荣耀的头衔会沦为卑贱的恶名，
你甜蜜的话语将化作难尝的苦艾；
你狂热的虚荣绝不会持久不衰。
邪恶的机缘呵，你如此歹毒，可是
人人都追求你，究竟是怎么一回事？

“你何时才跟恭顺的恳求者交朋友，
带他去能使他如愿以偿的地方？
你选定何时来结束激烈的争斗，
或把受困于苦难的灵魂释放？
你何时给患者送良药，治愈创伤？
穷人、瘸子和盲者爬着向你喊，
可是呵，他们永远见不到‘机缘’。

“病人在死去，医生却在睡大觉，

孤儿饿瘦了，而强徒在吃喝开怀，
法官在作乐，寡妇却在哭号啕，
忠言不务正，瘟疫就蔓延开来。
你不让任何慈善的事业存在。
暴怒，忌妒，叛逆，凶杀，强奸，
你的时辰伺候着这一切罪愆。

“一旦真诚和美德跟你有联系，
就会有无数磨难阻挠你帮他们；
他们得花钱买通你，可罪恶不必，
他免费而得手，你却还满心高兴，
你心甘情愿地听从罪恶的命令。
塔昆赶来时，我丈夫柯拉廷本可
也来我这里，是你呵，把他阻遏！

“对于谋杀和盗窃，你不能辞其咎，
对于伪证罪，教唆罪，你并不干净，
对于叛逆，伪造证件，搞阴谋，
十恶不赦的乱伦，你都有责任；
你是同谋犯，因为你生来关心
过去未来的一切恶行和丑事，
从开天辟地一直到世界末日。

“狞恶的时辰呵，你，黑夜的同伙，
迅捷而诡秘的信使，噩耗的传递人，
淫逸的恶奴，青春的吞噬者，灾难的
更夫，罪孽的驮马，美德的陷阱！
你养育万物，又杀灭万物，呵时辰，
飞奔着害人的时辰！听我把话说：
你既然害我有罪，就该害死我！

“为什么机缘（原是你时间的奴仆）
不给我你本该给我的休息时间？
还勾销我的好运，更把我禁锢
到永远，让我去忍受无尽的灾难？
时间的职责是化解敌对的积怨，
消灭掉各种成见引起的谬见，
而不是毁损合法婚姻的妆奁。

“时间呵，你夸耀能平息帝王的纷争，
能揭露谎言，让真理见到光明，
给衰老的事物刻上岁月的烙印，
唤醒灿烂的黎明，为黑夜守更，
伤害伤害者，直到他改邪归正，
用分分秒秒来摧毁豪华的大厦，

用尘埃来掩埋金光闪耀的楼塔；

“你夸耀能使巨碑被虫豸蛀空，
能敦促万物枯萎，入遗忘之乡，
能磨损古籍，篡改其中的内容，
能把老乌鸦双翼的羽毛拔光，
能耗干古树的汁液，叫新苗茁长，
能把铁铸的古物研磨成齑粉，
能转动命运那令人晕眩的车轮；

“让老妇见到她的女儿的女儿，
让孩子变大人，大人向孩子转化，
把专靠杀生活命的猛虎杀死，
驯服独角兽，叫狂暴的雄狮趴下，
嘲笑聪明人，被自己的聪明戏耍，
用丰饶壮硕的收成叫农夫喜欢，
用滴滴水珠磨穿巉峻的巨岩。

“为什么你一面行进一面恶作剧，
难道你能够回头来赔偿损失？
只要在长途跋涉中退后一小步，
使那些借债给无赖的人们变明智，

你就会赢得朋友，朋友千万亿：
可怕的黑夜呵，你若能倒退片刻，
我就会制止风暴，躲开那浩劫！

“行进不息的时间呵，‘永恒’的跟班！
不要让逃跑的塔昆有一刻平安，
用超过想象力极峰的极端手段
促使他诅咒这该诅咒的罪恶夜晚。
用狰狞的鬼影惊吓他淫邪的两眼，
使他因作恶犯罪而内心惶惑，
把每棵矮树都看作厉鬼恶魔。

“用骚乱的噩梦滋扰他的宁静，
使他困守在卧榻上痛苦地呻吟；
让他时时触霉头，处处遭不幸，
叫他去悲鸣，对他丝毫不怜悯。
用铁石心肠对付他，比铁石更硬，
使温柔的女人对他也失去柔情，
对他要比那盛怒的猛虎还凶猛。

“让他有时间去懊悔，把头发乱揪，
有时间对自己大骂，痛加谴责，

有时间绝望于时间对他的拯救，
有时间像人人憎嫌的贱奴般生活，
有时间去乞讨，求人家把泔脚施舍，
有时间看到靠救济过活的乞丐
都不屑扔给他被人扔弃的剩菜。

“让他有时间见到朋友变寇仇，
跳梁小丑们一齐来把他作笑谈；
让他有时间注意到发愁的时候
时间过得多么慢，而当他寻欢
作乐时，时间又过得多快、多短暂
让他那无法抹掉的丑事永远
有时间为他虚掷光阴而悲叹。

“你这善与恶双方的导师呵，时间
教会我去咒骂那受你教唆的恶棍！
让贼子被自己的影子吓得乱窜，
自己要杀死自己，在每个时辰。
这样的污血该通过污手来涌进；
谁愿意这么卑贱地去执行任务，
做个卑鄙的刽子手杀死这贱奴？

“他来自帝王之家，就更为卑下，
他行为堕落，葬送了自己的前程；
地位越高，行为的影响就越大，
能得到更高的荣誉或更大的憎恨；
最毒的诽谤总对着最高的身份。
月亮被云遮，立即受世人惦记，
星星却可以随意把自己隐蔽。

“乌鸦可以在泥潭里把黑羽洗濯，
飞起时不见他随身把污泥带走；
可要是雪白的天鹅也想这样做，
在他的银绒上肯定会显出污垢。
仆役黑如夜，君王辉煌如白昼；
小虫子飞到哪儿都没人理会，
可人人都能见到老鹰在腾飞。

“去吧，废话，鄙陋小人的奴仆！
没用的空谈，懦弱无能的法官！
去吧，到口才竞赛的学堂去忙碌，
去吧，跟闲人瞎聊，同笨蛋争辩，
做个调停人，为诉讼双方斡旋。
我呢，我丝毫不想去论争、申诉，

我这桩案子，法律也无法救助。

“一切都枉然！我白白咒骂机缘，
咒骂时间、塔昆、黑夜的阴郁，
我痛责强加给我的恶名也徒然，
我徒然摈斥无法摆脱的侮辱，
废话是空炮，难给我公正的帮助：
此刻，对于我唯一有效的疗救
是让我已被污染的血液迸流。

“可怜的手呵，你何故听命而颤抖？
请你正直地帮助我清洗恶名；
一旦我死去，荣誉全归你这只手，
要是我活着，你将在恶名中偷生，
既然你不能卫护你的女主人，
又不敢撕掐她那淫邪的仇敌，
那就把你和屈从的她呀，都杀死！”

说着，她从凌乱的卧榻上跃起，
去寻找一种工具能用来自裁，
可这里不是屠场，没有这东西，
不能为她的呼吸道把气孔另开，

她的一口气聚集在唇间，吐出来，
好比轰鸣的大炮冒出了硝烟，
又像火山的尘雾飘散在空间。

她说："我枉然活着，又枉然寻找
痛快地结束这不幸生命的法子。
我曾害怕过死于塔昆的弯刀，
为同一目的我又来寻找刀子；
当我怕死时，我是忠贞的妻子；
现在仍然是——不，这已经不可能！
塔昆夺去了我的忠贞的象征。

"唉！我生活的目的已完全丧失，
因此我现在没必要害怕死亡！
用死来洗刷污迹，我至少可以
给出丑的衣服戴上扬名的奖章，
我由死而生，教恶名由生而死亡。
可怜无助的救助呵：珍宝被盗，
就把无辜的珍宝盒子也烧掉！

"啊啊，柯拉廷！我决不让你知悉
受辱的婚姻有怎样腥秽的滋味，

我决不亵渎你对我爱的真意，
用受过凌犯的誓约来向你献媚。
杂种的嫁接绝不会长出新蕾！
玷污你家族的恶徒休想夸口讲
你是痴呆的父亲，养他的儿郎。

“他也别打算暗地里把你嘲弄，
跟他的同伙讥笑你现在的处境；
可你该知道，你的宝不是有人用
黄金来买走，而是被偷出大门。
而我呢，我是自己命运的女主人，
对于自己的失贞我绝不宽宥，
直到用一死来洗清屈从的罪尤。

“我不会用我的污渍来把你毒害，
也不用花言巧语来掩盖过失；
罪行的黑色衬底，我不想涂改，
不想把黑夜里丑事的真相隐匿。
我舌头会讲出一切，我眼睛好似
水闸，又好似山泉向溪谷奔驰，
要用净水涤净我不干净的故事。”

这样，哀怨的菲洛墨拉[1]停止了歌鸣，
不再婉转地倾诉夜间的悲伤，
阴森的黑夜沉重而缓慢地迈进
可怕的冥府；瞧呵！鲜红的朝阳
给希求光明的眼睛带来了晨光；
但是鲁克丽丝没脸睁眼看自己，
只想把自身继续关闭在黑夜里。

透过每道缝，探入了白日的亮光，
似乎要指明她正坐着在悲叹，
她对着日光哭诉："啊啊，太阳！
你何故在窗口侦视？不要再窥探，
你该用柔光去挑逗别人的睡眼；
刺人的亮光别烙刻我的额头，
因为黑夜的所为赖不着白昼。"

她无论见到什么都加以挑剔，
真正的悲哀如顽童，痴迷又任性，
一旦倔起来，什么都不合心意；
是旧恨，而不是新愁，变得温顺；

① 菲洛墨拉，即夜莺。详参见本诗第1128行注。

岁月制服了旧恨，可新愁难驯，
像个游泳的新手跳进了水里，
本领不到家，拼命游却终于溺毙。

她已深深地沉入苦恼的海涛，
同她见到的每件事都进行争论，
拿种种不幸跟自己的遭遇比较，
结果只能使已有的痛苦加深；
她不断比较着，一轮紧接着一轮。
有时候，她悲痛无语，成了哑巴，
有时候，她喋喋不休，如疯似傻。

小鸟歌唱着颂赞欢快的清晨，
甜美的鸣啭使她的悲痛更强烈，
欢乐总是要刺透痛苦的底蕴，
愉快的伙伴使伤心人无限悲切，
跟悲哀作伴，悲哀才化为喜悦：
只有得到了同病相怜的慰藉，
真正的痛苦才会感觉到宽解。

见到了海岸而灭顶，等于死两回，
望着止痛膏，伤口的疼痛更剧烈，

面对着食物却挨饿，胜似饿十倍，
悲痛遇到了救助者，更悲痛欲绝；
深深的哀伤如河水向前流泻，
河水被阻拦，便冲决堤坝而去；
悲哀被玩忽，就不再循规蹈矩。

她说，“小鸟呵，你在嘲笑我！请你把
歌声埋进你空洞膨胀的胸膛，
在我能听见的地方，请你当哑巴；
我心烦意乱，听不进歌声抑扬，
悲伤的主妇受不了宾客的欢嚷。
请你把轻音乐送进快活的耳朵；
愁苦人滴泪打拍子，只爱听悲歌。

“唱着歌哀诉受辱的菲洛墨拉，来吧，[①]
把我散乱的头发当幽树来栖身；
像原野为你的不幸而哭成沼泽，
我一听哀调也止不住涕泪涟涟，

① 菲洛墨拉，希腊神话中特刺刻王忒柔斯之妻普罗克涅之妹。忒柔斯奸污了菲洛墨拉，并割去她的舌头。普罗克涅大怒，杀儿子以饷其父。姐妹逃跑，忒柔斯紧追，最后菲洛墨拉变为夜莺，普罗克涅变为燕子，忒柔斯变为戴胜。夜莺的哀鸣就是菲洛墨拉在控诉忒柔斯。故事见奥维德《变形记》第六章。

以深长的呻吟伴你低沉的悲鸣；
像伴唱一般，我低声控诉塔昆，
你揭露忒柔斯，用更动人的歌吟。

“你总是把身子倚伏在荆棘上面，[①]
这样来提醒你心中的深痛巨创，
可怜的我来模仿你，拿一把利剑
对准我的心，叫眼睛一见就惊慌，
眼睛一闭拢，我的心就落地死亡。
荆棘和利剑好比琴上的横柱，
调准了心弦，就奏出凋萎的哀曲。

“可怜的鸟呵，你不在白天唱歌，
似乎是羞于被任何眼睛窥见，
让我们找一片幽暗僻陋的荒漠，
既没有酷暑，也没有冰冻的严寒，
在那里，我们唱悲天悯人的歌篇，
借此来改造凶禽猛兽的天性；
既然人如兽，就让兽有一颗善心。”

---

① 据说夜莺在夜间总是把胸脯紧贴在荆棘上，以便清醒地唱它的夜歌。

像一头受惊的小鹿停下来四顾，
惶惶然不知道该从哪条路逃走，
或像个迷路人在盘陀路上踟蹰，
没法子立即顺利地找到出口；
就这样她心里自己跟自己争斗，
是生还是死，不知道哪个更好，
生当蒙羞，死又怕谴责难逃。

“唉！自杀，这事算什么，”她说道，
“不过是玷污了身体，又玷污灵魂！①
财富丢一半，另一半就护得更牢，
不像骚乱中财宝全丢的人们。
那母亲想做这等事真是太残忍：
两个小宝宝，一个被死神夺走，
她就要杀掉另一个，一个也不留。

“既然这一个纯洁，那一个也神圣，
哪个更贵重，肉体呢，还是灵魂？
既然两者都献给天国和柯拉廷——
上帝或丈夫，谁的爱对我更亲近？

① 自杀会玷污灵魂，是基督教道德，古罗马人没有这种观念。

唉！劲松的树皮若是被剥尽，
树叶会凋落枯萎，树汁会耗竭，
我灵魂也一样，她的皮已被劫掠。

“灵魂的住所遭洗劫，宁静被破坏，
她那座厅堂被敌人彻底捣毁，
圣洁的神殿被污染、践踏和糟害，
放肆的恶名已把她紧紧包围。
那就不该叫作对上帝不敬畏：
假如在破败的堡垒中挖条孔道，
我让受困的灵魂从这里出逃。

“此刻我还不能死，我要柯拉廷
听清楚我过早殒命的真实缘由，
好在我惨死的时刻，他发誓声明
要对迫使我自尽的歹徒报仇。
我要把受污的血液给塔昆保留，
这血是被他玷污，就为他流淌，
我要在遗嘱中写明这是他的账。

“我要把荣誉留给我这把利刀，
让它刺进我变得不洁的身躯。

是荣誉把那不名誉的生命除掉，
荣誉将从此永生，当生命死去。
美誉将在恶誉的灰烬中孕育，
我一死，同时杀死了可耻的丑名：
丑名一旦死，荣名立即得新生。

“亲爱的，我已经丢失了你的珍宝，
我还有怎样的财物遗赠给你？
亲爱的，我的决心值得你夸耀，
请按照我的榜样去报仇雪耻。
看着我，好决定对塔昆如何处置：
我（你的朋友）杀死我（你的敌人），
为了我，请你也这样去对付塔昆。

“现在把我的遗嘱简要地说明：
愿我的灵魂升天，肉体入地，
夫君呵，我的决定你必须执行，
刺我的尖刀该分享我的荣誉；
我的耻辱由毁我名声者承继；
我的所有的美名，都一一分赠
给那些从不认为我可耻的人们。

“柯拉廷，你负责执行我的遗嘱；
我怎样受骗，你务必从中看清！
我流的鲜血将洗净我受的耻辱；
清白地一死能除掉污秽的丑名。
别退缩，心呵！勇敢地说一声：‘行！’
服从手吧，我的手会把心攻克：
心和手都死去，又都成为胜利者。”

她心怀悲愤，安排下自己的死期，
又从眼角把咸涩的珠泪拭干，
她用沙哑而失控的声音呼叫侍女，
侍女急匆匆奔向女主人身边，
责任心像插上翅膀飞到她跟前。
在侍女看来，主人的脸颊好比
太阳光融化积雪后冬天的草地。

她向女主人谨慎地问候早安，
那语调细柔婉转，显示出恭顺，
当见到女主人脸上笼罩着哀怨，
侍女的脸上也相应而布满愁云；
但是她没敢贸然向女主人发问：
她的明眸为什么被乌云遮暗，

她的嫩腮上为什么苦水涟涟。

恰似太阳落山后，大地就哭泣，
花朵含露像噙泪欲溢的眼睛，
侍女也这样，她用盈盈的泪滴
去湿润圆圆的眼睛，充满了同情：
女主人的天穹上再不见灿烂的双星，
咸涩的海水浸没了双星的光芒；
这又使侍女的眼泪夜露般流淌。

这两个俊俏的人儿站立了好久，
似象牙雕像往珊瑚池中喷水。
一个哭得有缘由，另一个没有，
只是跟那一个泪人儿作伴相陪；
温柔的女人总喜欢伤心落泪，
揣度着别人的痛苦就自己悲伤，
她们或浸润眼睛或痛断肝肠。

男人的心肠似铁石，女人的似蜡，
女人被塑造全按照铁石的意图；
弱者受挤压，暴力、机巧和欺诈
把陌生的印记刻上她们的身躯。

不该说她们自己制造了恶誉，
正如一块蜡印上了恶魔的形象，
总不能认为蜡本身邪恶不祥。

女人们平整坦荡，如一马平川，
开阔得连虫子爬行都一目了然，
男子们似杂树丛生的野林一片，
那里有穴居的罪恶，在暗处睡眠；
水晶墙挡不住一粒粒灰尘向外看；
男子们一脸正经，把罪恶掩饰，
女人们可怜，脸上写明了过失。

谁也不要去痛骂凋谢的花朵，
应该去责备摧折花朵的严冬；
不是被害者、而是残害他人者
才应该受斥责；别说女人身不正，
啊，她们受男人的凌辱太深重！
骄横的少爷迫使柔弱的女子
租赁他们的丑闻，该予以痛斥！

这样的事例在鲁克丽丝身上发生，
半夜遭袭击，有可能随时死亡，

死也免不了随之而来的坏名声，
这同时使她的丈夫脸上无光。
反抗而死却仍然要蒙羞，这样，
她周身传遍使她瘫软的惧怕：
谁不能对一具尸体肆意谩骂？

这时，鲁克丽丝宽和而耐心地开口，
对陪她哭泣的可怜侍女这样说：
“姑娘，是什么缘故促使你泪流
满面，双颊上好似那雨水滂沱？
好心的女孩，你哭泣若是为了我，
这无助于减轻我的痛苦：如果能，
我自己流泪就足够消愁解闷。

“不过，告诉我，姑娘，”她说着停了停，
“塔昆啥时候走的？”带一声长叹；
“我起床之前。”侍女回答女主人，
“是该责备我贪睡起得晚了点。
不过至少我觉得还情有可原：
天还没破晓，我已从床上起身，
在我起床前，塔昆已无踪无影。

“夫人，如果您原谅侍女的冒昧，
我斗胆问一声您究竟有什么困难。”
“别问，”鲁克丽丝说，“即使能讲明原委，
详细叙述也不能将悲痛减缓；
我实在无法讲清遭遇的事件；
我所感受的太多了，却表达不了，
这种痛苦可说是地狱的煎熬。

“去，把纸笔和墨水拿到这儿来，
噢，这儿已有了，不用再费劲。——
我该说什么？——我丈夫有一名听差，
你去吩咐他待会儿为我送封信，
把信交给我最亲最爱的夫君：
叫听差赶快准备好，把信早送到，
事情紧急，我这儿即刻便写好。”

侍女走了，她立刻着手来写信，
拿羽笔在纸上徘徊，心里费斟酌；
推理和忧伤发生激烈的斗争，
理智定下的，感情立即给涂抹；
这句写得太粗劣，这句太做作。
这样就像一群人挤在入口处，

都想先进去，堵住了她的思路。

最后她这样写开头：“尊敬的夫君，
你的卑贱的妻子在这里问候你，
谨祝你健康！我这里，请求你答应——
亲爱的，只要你还想见见鲁克丽丝，
就火速赶回来见我一面，急急！
我在家向你致意，心中含悲痛，
我的话简短，却有说不尽的苦衷。”

她把记载着哀痛的文书折起来，
清楚的惨事在纸上却写得不清楚。
从这封短信中柯拉廷会清楚明白
她心中凄楚，却不知是什么缘故。
她不敢就此把实情和盘托出，
免得她还未用鲜血洗刷污渍，
他会误以为这全是她的过失。

她要把气力和哀痛的情绪积蓄，
等丈夫到来听她诉说时倾泻，
叹息、呻吟和泪水都将有助于
她陈述怎样受辱，更能够洗雪

世人对她将有的猜疑或妄测；
为避免污渍，她不在信上多写，
行动将会把言辞远远地超越。

惨状目击比耳闻更令人惊骇，
眼睛会把它见到的悲惨过程
全部传达给耳朵，让耳朵明白，
每一种感官各领受一部分惨景。
我们听到的仅仅是苦难的一部分。
深海发出的声音比浅滩小得多，
语言风一吹忧伤的潮水就退落。

她的信已经封好，信封上写道：
“火速送往阿狄亚，交给我夫君。”
信差等候着，她把信件当面交，
催促这脸色沉闷的仆人快启程，
要像北风中掉队的大雁般飞奔。
加快，再加快，可她还觉得不快；
极端的迫切逼出了极端的心态。

老实的仆人向她深深地鞠躬，
目不转睛地注视她，脸上泛红，

默默地接过书信，一声也不吭，
带着单纯的羞怯，他匆匆登程。
谁要是把罪过深深隐藏在心中，
便想象人人都见到了自己的过失；
她以为他脸红是知道了她的丑事。

真是个憨厚的仆人！上帝看得清，
他只是缺少生气，少一点勇敢；
这种人毫无恶意，又忠心耿耿，
用行动代替言语，可有人相反，
答应得好快，做起来却懒懒散散。
他这个往昔时代的忠诚模范，
用诚实的目光担保，不用语言。

他燃烧的忠心点燃起她的疑心，
两个人脸上都燃起红色的火焰；
她想他脸红是因为他知道塔昆
犯奸淫，于是她跟着脸红，朝他看。
她目光专注，使得他更加愕然；
她越是看到他两颊血液涨满，
便越是疑心他看出她的破绽。

仆人返回前，她觉得时间太慢，
然而忠实的仆人才出发不久；
她无法挨过这段难挨的时间，
再叹息、呻吟和哭泣，已没有劲头：
悲伤厌倦了悲伤，呜咽已哭够，
于是她暂时停下来不再哀诉，
她要找出个新法子来宣泄悲苦。

她终于想起挂在墙上的图画，
画上有普里阿摩斯[①]的特洛伊城堡，
细绘着希腊的大军兵临城下，
因海伦遭劫，要把这座城毁掉，
威胁说高耸的伊利昂[②]即将倾倒；
天才的画家下笔时真有气派，
仿佛苍天在俯身亲吻那楼台。

画面上描绘着成千个不幸的人物，
艺术能创造生命，把造化嘲弄；
多少块干颜料点点滴滴似泪珠，

① 普里阿摩斯，是荷马史诗《伊利亚特》中的特洛伊末代王，他的儿子帕里斯劫持了希腊斯巴达王后海伦，由此引起了长达十年的特洛伊战争。

② 伊利昂即特洛伊。

是妻子洒泪为丈夫被杀而悲痛；
鲜血在熏蒸：可真是鬼斧神工！
垂死者睁着暗淡无光的眼睛，
像煤火将熄，在漫漫长夜里烧尽。

你可以看到画上有干活的工兵，
他们都汗流浃背，粘满了泥土，
特洛伊城头一双双战士的眼睛
透过塔楼的观察孔向外注目，
忧郁而紧张地盯着希腊的队伍：
这幅画绘制得如此优美而精细，
能看到远处的眼睛也那样悲凄。

你可以看到大将们脸上呈现着
非凡的气度，一个个庄严而威猛，
年轻的士兵，行动迅捷而灵活；
画家还在场面上安插了几名
苍白的懦夫战栗着向前逡巡，
胆小的村夫描画得活灵活现，
观画者肯定能看到他们在打颤。

画面上还有埃阿斯，尤利西斯，唉！①
这样的人像画，技艺实在太高超！
两人的面容透露出各自的心态，
那表情充分揭示了他们的情操；
埃阿斯眼里滚动着苛刻和暴躁，
狡黠的尤利西斯含笑，目光温和，
显示出老谋深算，又泰然自若。

你看沉稳的涅斯托②正站着演讲，
好像在鼓动希腊的将士去奋战，
他姿态庄重，挥动着他的臂膀，
抓住了人们的注意，吸引了视线；
演讲时，他的胡须如银白的丝线
上下抖动着，一股盘旋的气流
从唇间飘出，上升，在空中漫游。

群众围着他听傻了，嘴巴都张开，
像要把他的劝告全吞进肚里，

① 埃阿斯和尤利西断都是攻打特洛伊的希腊将领。当阿喀琉斯战死后，他的母亲要求埃阿斯和尤利西斯去夺回他的尸体，并说准表现得英勇，就把他儿子的盔甲送给他。结果尤利西斯被认为是勇者，获得盔甲。埃阿斯愤而自杀。

② 涅斯托，特洛伊战争时希腊军中的高龄将军，勇敢、老练，还是出色的演说家，智慧的长者。

他们一同听，却有不同的神态，
仿佛美人鱼[①]唱歌使他们着迷；
这些人有高有矮，描画得精细；
后面许多人头部几乎被遮住，
想跳得更高些以便看得更清楚。

这人的手臂靠着那人的头顶，
他的鼻子被旁人的耳朵遮住；
这个被挤得后退，气冲冲，脸通红；
那个被压得愁闷，咒骂得恶毒；
一个个怒形于色，或凶相毕露；
看来，若不是怕漏听涅斯托的忠告，
就会有一场恶斗，要动枪动刀。

这幅绘画蕴含着非凡的想象力，——
别出心裁的技法，贴切而自然，
一支矛代替了阿喀琉斯[②]的形体，
握在披甲的手中，本人不出现，

① 美人鱼，这里实际上是指赛人（siren），希腊神话中半人半鸟的自然女神，居住在海岛上，常以美女的形象出现，用奇妙的歌声引诱航海者，使他们迷而忘返，遭到死亡的灾厄。

② 阿喀琉斯，无比勇敢、英俊、敏捷的希腊英雄，攻打特洛伊的希腊军队中的主将。是他杀死了赫克托。

除了心灵的眼睛，人们看不见：
一手或一头，一腿或一足，或面庞，
就代表整个人形，凭你去想象。

特洛伊城墙被围得水泄不通，
他们的希望——勇敢的赫克托[1]上场，
许多特洛伊将士的母亲登城，
喜见子侄们挥动闪亮的刀枪；
为获胜，她们这举动太不寻常——
喜悦的心头闪过恐惧和忧悒，
正如锃亮的器皿染上了污迹。

鲜血从他们厮杀的达丹[2]海滩
流到西摩伊斯河[3]的芦苇岸旁，
河水试着要模仿这一场鏖战，
涌起了滚滚的波涛，一排排冲向
损毁的堤岸，然后退到河中央，
接着与更为汹涌的狂涛交汇，

① 赫克托，特洛伊军队的统帅。特洛伊王普里阿摩斯和王后赫卡柏的长子，帕里斯之兄。特洛伊的英雄，也是多情的丈夫，慈爱的父亲。

② 达丹，即达丹尼亚，特洛伊城所在的地区。

③ 西摩伊斯河，源自伊达山，流经特洛伊平原的河。

撞击出水沫浪花在河岸迸飞。

鲁克丽丝来到精美的画图跟前，
想寻找一张充满悲苦的脸庞。
她看到不少人脸上有一些忧烦，
却没有一张脸包含所有的哀伤，
直到她发现赫卡柏正陷于绝望，[1]
两眼盯视着普里阿摩斯的伤口，
他躺在皮罗斯脚边，鲜血直流。[2]

画家在她的身上剖析出时间的
暴虐，忧郁的磨难，丽质的凋零；
她的脸变形了，布满皲裂和皱褶，
她曾经有过的容貌已荡然无存。
脉管里蓝色的血液已变黑变浑，
不再有哺养枯槁血脉的源头，
生命在一具僵死的躯壳里拘留。

鲁克丽丝两眼盯住这悲哀的身影，

---

① 赫卡柏，特洛伊王后，普里阿摩斯之妻，赫克托之母。

② 皮罗斯，即涅俄普托勒摩斯，阿喀琉斯之子。特洛伊攻陷后，他杀死了普里阿摩斯。

以自己的哀愁来想象老妇的悲戚，
老妇有种种痛苦来给她以回应，
只缺少哭喊和詈骂来诅咒死敌；
画家可不是能使她哭骂的神祇，
鲁克丽丝发誓说，画家对她不公道，
给了她多少苦，却不给舌头一条。

“可怜的木琴，”她说：“却不能发声，
我要用忧伤的舌头诉你的哀愁，
把香膏滴入你丈夫的伤口止痛，
还要对杀他的皮罗斯狠狠地诅咒，
用泪水灭火；特洛伊已烧得太久；
所有的希腊人都是你的死对头，
我定要剜出他们愤怒的眼球。

“我还要看看勾起战乱的妖姬[1]，
让我用指甲把她的粉面撕烂！
痴愚的帕里斯，是你的情欲惹起
天怒，叫烈焰滚滚的特洛伊承担；
是你的眼睛把这场大火点燃；

① 妖姬，指海伦。

现在，由于你那双眼睛的过失，
父子和母女一一在特洛伊送死。

“为什么某些男女的个人欢情
会成为无数人共同遭受的祸患？
谁心血来潮，独个儿去侵犯别人，
这罪责就该由他独个儿承担；
无辜的生灵应摆脱株连的灾难。
为什么一人犯罪要众人受过？
为什么惩戒私欲要公众受折磨？

“看啊！赫卡柏哭泣，她丈夫死去，
赫克托昏厥，特罗伊洛斯[①]倒下来，
朋友挨朋友横躺，血流成渠，
混战中，朋友无意间[②]把朋友伤害；
一个人贪色导致千万人遭灾。
假如老普里阿摩斯教子有方，
特洛伊会得到荣光，不会被烧光。”

她看着画上特洛伊的惨状而哀恸，

① 特罗伊洛斯，普里阿摩斯与赫卡柏的小儿子，为阿喀琉斯所杀。
② 无意间，特洛伊被攻陷时在夜间，混战中可能看不清敌我。

悲伤的心情有如沉重的挂钟，
一旦晃起来，便随着重心摆动；
几乎不费力，发出凄恻的响声。
她受到触发，就对着画面上种种
惨酷的图景把自己的冤情诉说；
给他们言词，从他们借来愠色。

她投出目光在整个画面上扫过，
看到谁处境凄惨，就为谁悲悯。
最后她看见那两手被绑的家伙[①]，
那模样引起几个牧人的同情；
他满面忧伤，却又知足而镇定，
跟这些乡民一道向特洛伊走去，
他颇有耐心，对痛苦毫不在乎。

画家以精湛的技艺把此人描绘，
隐去了狡诈，呈露出诚实的外表，
他步态谦恭，面容沉静，眼含泪，

① 家伙，即西农。据维吉尔《埃涅依德》：当希腊人定下木马计后，西农有意躲在木马腹下，让人俘虏，用谎言骗取同情，说服特洛伊人把木马拖入城内。最初发现他、俘虏他并同情他的是几个佛律癸亚（古国，在小亚细亚）牧民，他们把他带到特洛伊王普里阿摩斯面前。

昂起了额头，仿佛在迎接苦恼，
他的脸不红不白，红白相协调，
因而羞愧的红色不暴露心虚，
苍白，却没有歹徒常有的恐惧。

此人就像个顽固不化的恶魔，
他所扮演的角色看上去真诚，
这样藏起了他心中鬼祟的邪恶，
甚至猜忌成性者也不会不信：
欺诈的伎俩、阴险的伪证竟然能
把黑色风暴投入明媚的蓝天，
把魑魅的罪恶涂上圣者的慈颜。

擅发假誓的西农，在画师笔下，
摆出温良的模样，他鼓唇弄舌，
使老迈轻信的普里阿摩斯被杀；
他的话语如“野火”把伊利昂显赫[1]
辉煌的荣耀烧光，上苍也难过，
星子们照影的明镜[2]已破碎消亡，

① “野火”，特指古代海战中使用的一种入水仍燃的纵火剂，又名“希腊火”。

② 明镜，指特洛伊，意谓这座城光辉灿烂，星星常从中照见自己的影子。

它们便奔离原来占定的地方。

鲁克丽丝对这幅图画仔细察看着，
她责备画家的技巧过于高妙，
认为西农不会有那样的神色；
邪恶的内心不会有正直的外貌。
她凝神注视这个人，瞧了又瞧，
发现他质朴的面容上显出真挚，
于是她断定这幅画虚假不实。

“这许多谎言和诡计，”她说，“不可能——”
她本来想说，“在这样的外表中暗藏，”
但此刻她脑中浮出塔昆的外形，
她下面想说的话语便受到阻挡：
“不可能”包含的意义就此变了样，
变成了这样：“不可能不在这张脸
背后隐藏着罪恶的歹心，我发现。

“正如画面上那个狡猾的西农，
表现得如此持重，疲乏，又温和，
仿佛要晕倒，经不起劳累和哀痛，——
披甲的塔昆也这样前来欺骗我，

他外貌忠诚，骨子里淫荡邪恶。
像普里阿摩斯款待西农那般，
我款待塔昆：使我的特洛伊崩坍！

“看啊，西农在陈述，假惺惺流泪，
普里阿摩斯听着，竟泪水盈睫！
国王啊，你怎么老了却缺少智慧？
他流泪就是要特洛伊居民流血。
他眼里迸出的是火焰，不是泪液：
那使你动心的颗颗圆亮的珠泪
是团团火球，要把特洛伊烧毁！

“恶鬼从黑暗的地狱里偷得魔力；
西农浑身是烈火，却冷得颤栗，
炽热的火焰在严寒中燃烧不息。
对抗的东西竟如此和谐统一，
只能哄傻瓜，使他们鲁莽轻敌：
普里阿摩斯轻信了西农的泪花，
西农就得以用水来烧毁特洛伊。”

说至此她怒火中烧，情绪激动，
胸中的耐心丝毫也不再留存。

她用指甲撕扯这画上的西农，
把他比作那带来祸患的客人，
客人的行为使她对自己都憎恨。
最后她一笑，不再把画面撕裂，
“我太傻，”她说，“扯破了，他也没感觉。”

她心中悲哀的潮水涨落不停，
她的怨诉使时间都感到厌倦，
她盼望黑夜，到黑夜又渴求天明，
日和夜都使她觉得漫长无边。
在极度悲痛中，一瞬也好似一年；
悲哀尽管已困乏，却很少睡眠，
不眠的人们看时间爬得多缓慢。

她跟画中人一起度过的时光
已经在她的沉思中悄悄地溜走，
她只顾深深思索着别人的哀伤，
自己的痛苦便暂时离开心头，
见到了惨象便忘掉自己的哀愁。
想到那些人艰难惨酷的遭遇，
伤痛便减轻，尽管没法子治愈。

现在那小心守职的信差已返回，
请来了他的主人和其他诸公，
柯拉廷发现鲁克丽丝穿着一身黑，
她那被泪水浸润的眼睛通红，
围一圈蓝晕，仿佛天上的彩虹：
暗淡的天空上两弧彩虹的光影
预示着刚过的暴雨将再度来临。

她的忧郁的丈夫看到这景象，
惊愕地注视着她那痛苦的脸庞；
她两眼红肿，泪水浸润着眼眶，
极度的痛苦把红润的脸色毁伤。
他没有勇气询问她情况怎样；
两人都站着，像旧友重逢在异地，
陷入迷惘中，话不知从何说起。

后来他握住她没有血色的素手，
开始问她道："究竟发生了怎样
不幸的祸事，使你不停地颤抖？
是什么愁苦使你的红颜凋丧？
为什么你穿起这身晦气的衣裳？
亲爱的，请把你沉重的心事表述，

倾诉悲痛吧，好让我们来救助。”

她长叹三声以激起诉苦的话头，
但是吐冤的字眼她说不出来。
她终于下决心回答丈夫的请求，
羞赧地准备让他们全都明白
她一身贞洁已经被强徒糟害；
这时柯拉廷和陪他同来的诸公
心情沉重地倾听着她的指控。

苍白的天鹅在她湿淋淋的巢中，
为自己必有的结局把哀歌吟唱，
她说：“没词儿能说清受辱的过程，
也没有理由可以把罪过原谅。
我的话很少，却有太多的哀伤。
要是用疲惫的舌头把一切陈述，
那就会引出太长、太长的怨诉。

“下面是我要诉说的全部情况：
亲爱的夫君，有一个生人前来
占据了你的卧榻，靠在枕头上，
那是你困倦的头颅休憩的所在；

他对我进行了邪恶的暴力侵害，
那是怎样的侮辱，你可以想象，
你的鲁克丽丝啊，没逃脱魔掌！

“就在死一般可怕的漆黑夜晚，
那个人蹑手蹑脚地溜进房门，
手里有点燃的蜡烛，闪亮的短剑，
他轻声叫道，‘醒来，罗马的妇人，
你务必服从我的爱，假如你不肯，
敢抗拒我的爱欲，今晚我就使
你和你家人蒙受永久的羞耻。’

“他说道，‘假如你违抗我的意志，
我就把你家某个丑陋的仆人
结果了性命，接着再把你杀死，
然后对人说，我就在你们进行
幽会的地方发现了可恶的奸情，
便杀掉奸夫淫妇，于是我永远
博得了美名，而你将遗臭万年。’

“我听了就要跳起来大喊来人，
他立即拿起短剑对准我的心，

发誓说，除非我把这一切容忍，
否则就别想活着再叫出一声；
那我的耻辱便永远在史册留存，
伟大的罗马一定会永远记住
鲁克丽丝与仆人死于通奸败露。

“我自己软弱，敌人则非常强大，
过于软弱了，便增添极大的恐惧。
那个残酷的法官不准我说话；
伸张正义的抗辩一概不允许。
他那猩红的淫欲竟成为证据——
来证明我用美色勾引了他的眼，
法官遭抢劫，在押犯死得好冤！

“请你教给我为自己申辩的理由，
或至少让我寻找到一种安慰：
尽管我的血受辱，染上了污垢，
可是我的心依然清白而完美；
它没有受到淫虐，也从不准备
屈从于暴力，它始终纯洁无疵，
在已遭荼毒的躯壳里顽强守志。”

柯拉廷好似破产的商人般绝望，
低垂着头儿，话语被悲愤堵住，
他双臂交叉紧抱着，目光凄惶，
嘴唇顿时变惨白，想呼气吐出
那使他无力开口说话的痛苦；
他这么沮丧，毕竟是徒劳无功，
刚呼出一口气，马上又吸进口中。

像潮水咆哮着，粗暴地冲过桥洞，
眼睛跟不上它向前猛冲的速度，
它掀起旋涡，高傲地跳跃奔涌，
又蹦回迫使它迅跑的狭窄水域，
狂暴地出发，狂暴地回到原处：
他的哀叹也如此，仿佛在拉锯，
推出了悲痛，又把它拉了回去。

她见到丈夫哀伤得一言不发，
于是把他从惝恍迷乱中唤醒；
“亲爱的夫君，你这样悲伤更增加
我心中的悲伤，雨不能缓解山洪，
你哀痛只会使我的敏感的哀痛
加倍地剧烈。不如让悲哀浸透

一个人，一双泪眼，这已经足够。

“既然我使你如此动情，为了我，
为了你的鲁克丽丝，请你听仔细：
立即去为我报仇，惩治那恶魔——
他是你的、我的、他自己的仇敌。
假如你是在保护我免遭侵袭，
可惜太晚了；必须去诛杀奸宄，
过分的仁慈意味着纵容犯罪。

“大人们，在我说出那名字之前，”
她嘱咐陪同柯拉廷回来的人们，
“请保证对我立下崇高的誓言，
要迅速行动，去为我报仇雪恨；
拿起复仇的武器去铲除不平，
这样的义举值得被高度称赞，
骑士们应该凭誓约为妇女申冤。”

听罢这请求，在场的各位大人
都慷慨激昂，答应要为她上阵，
骑士精神促他们担负起重任，
他们都急于听到恶人的姓名。

可她还没有讲完难讲的全过程，
便阻止承诺，说道："请你们说说，
怎样做能拭去强加给我的污浊？

"我身处危境，受到可怕的逼迫，
这样造成的失误该怎样定性？
我心地纯洁，能不能赦免罪责，
使我败坏的名誉能重新端正？
有什么辩词能使我摆脱困境？
泉水受毒质污染，会澄清自己，
为什么我不能洗净强加的污迹？"

听了这番话，他们立即回答道，
洁净的心灵已涤净肉体的污痕；
她转过面庞，含着勉强的苦笑，
那面庞似画，画着悲惨的不幸，
深痛巨创的印迹，由泪水刻成。
"不行，"她说："今后的妇女不可以
为自己失足找借口，以我为先例。"

心儿仿佛要破裂，她一声长叹，
喊出塔昆这名字："他、他，"她说，

除了这个“他”，她的话堵在舌边；
经过多少次失声，一再的耽搁，
断续的喘息，挣扎着，急促，疲弱，
她才说：“他，他，大人们，就是他
指令这只手给我致命的一扎！”

此刻，她把那有害的尖刀刺入
无害的胸膛，灵魂从胸口离去；
这一扎使灵魂摆脱了沉重的愁苦，
逃离了使它喘息的污浊的牢狱。
悔恨的悲叹送精魂飞上云衢，
永恒的生命从伤口飞出，逃跑，
同凡胎肉身的缘分已一笔勾销。

被这一惨烈的举动震惊，柯拉廷
和一班贵族们都像顽石般呆立，
鲁克丽丝的父亲见女儿鲜血直喷，
便一头扑向她那自毁的躯体；
布鲁图斯[①]从殷红的涌泉中拔去
杀人的尖刀，尖刀一离开胸脯，

① 布鲁图斯，罗马贵族。

她的鲜血要复仇，便向刀猛扑。

鲜血一股股冒出了她的胸膛，
分成了两条徐徐流淌的血河，
殷红的血水把她包围在中央，
那躯体如刚遭洗劫的荒岛一座，
不见人迹，在可怖的洪水中坐落。
血液一部分还依然鲜红纯洁，
一部分变黑，那是塔昆作的孽。

伤心惨目的黑血渐渐地凝固，
从四面渗出的清液①，形成一圈泪，
仿佛为这块污染的地方哀哭，
这以后，从污血不断地渗出清水，
仿佛它是在同情鲁克丽丝受的罪；
未遭污染的血液却鲜红依旧，
仿佛见到了腐臭的东西而害羞。

“女儿，亲爱的女儿，”老父亲哭嚷，
“你所夺去的生命是我的寄托；

① 清液，指血清，是血液凝固时从血块中分离出来的淡黄色透明液体。

孩子的身上存活着父亲的形象，
你现在不活了，我到哪里去生活？
我给你生命不指望这样的结果：
假如儿女们在父辈生前死去，
我们像子女，他们才像是父母。

“可怜的破镜子！我过去常常看见：[①]
在你美好的映像中，我返老还童；
但现在那明镜已变得陈旧昏暗，
只有时间磨损的骷髅在其中。
你已毁掉了你脸上我的面容，
砸碎了我的镜子里所有的美影，
我再也见不到自己青春的神情。

“假如该活的生灵不再活命，
那么时间，终止吧，不要再延续！
难道腐臭的死亡该征服青春，
让摇晃、颤抖、衰弱的生灵活下去？
老蜜蜂死了，蜂房由壮蜂占据；
那么回来吧，快快醒来，鲁克丽丝，

① 镜子，喻鲁克丽丝的容貌。参阅莎士比亚十四行诗集第三首第9、10行：“你是你母亲的镜子，她在你身上唤回了自己可爱的青春四月天”。

看老父死去，别让我看到你死！”

这时候，柯拉廷仿佛从梦中猛醒，
他请悲恸的老岳父让出地方；
他扑入鲁克丽丝冰冷的血泊之中，
用泪水冲洗他苍白凄惶的脸庞，
他昏死一阵，好似要跟她共存亡；
毕竟男子的羞恶心能使他自持，
要他活下去，为爱妻报仇雪耻。

他内心深处经受的极大苦痛
锁住了他的舌头，叫它别出声，
悲哀控制着舌头，逼得它发疯，
好久说不出话儿来宽慰心灵；
这时它开始吐字，细微的声音
挤在嘴唇边，急于要缓解悲愤，
以致他说的是什么没人能听清。

有时候，清楚地听到他从牙缝中
挤出“塔昆”，仿佛要咬碎这恶名。
在大雨被吹落之前，猛烈的狂风
阻遏着悲哀的湖水，使浪涛更猛。

终于大雨落下来，风势趋平静，
　这时候，女婿和岳父互不相让，
　哭娇女，哭爱妻，谁该哭得最悲伤。

一个说，她是他的；一个说，是他的；
可谁也无法把她单独地占有。
父亲说："她是我的。"
"不，是我的，"
丈夫说："别把我哀悼的权利夺走，
谁也不要说是为她痛哭不休，
　因为鲁克丽丝只是属于我一人，
　能够为她恸哭的，只有柯拉廷。"

鲁克瑞修斯[①]喊："唉，我给她生命，
她却把生命结束得太早，又太迟[②]。"
"她是我的妻！"柯拉廷嚷道："真不幸！
她为我所有，她毁的是我的命根子。"
"我的女儿！""我的妻！"大声的争执
传到收取鲁克丽丝灵魂的苍穹，
"我的女儿！""我的妻！"它这样回应。

---

① 鲁克瑞修斯，鲁克丽丝的父亲。
② 太迟，一种解释是鲁克丽丝未能在塔昆强奸她以前死去以保持名节。

布鲁图斯，已从她胸口把尖刀拔出，
看到他们俩争辩着，充满了哀痛，
便收起诙谐，显出自尊和严肃，
把傻相[①]埋在鲁克丽丝的伤口之中。
罗马人看惯了这副痴愚的面孔，
一直把他当作是宫廷的弄臣，
听他讲一些疯话和插科打诨。

他曾以深藏的谋略把自己伪装，
小心地护卫着他那隐蔽的机智，
现在，他抛却自己痴愚的模样，
即刻把柯拉廷眼中的泪水遏止。
他说道："起来，受辱的罗马勇士！
不显山不露水，我被人当作傻子，
你聪明练达，我教你怎样行事。

"不行，柯拉廷，能否叫哀愁治哀愁？
能否叫伤痛医伤痛，灾难除不幸？
你给自己以重击，这算是报仇，
来为你惨遭欺凌的娇妻雪恨？

① 傻相，布鲁图斯曾伪装疯傻以逃过劫难。

幼稚的想法来自软弱的生性。
你那可怜的夫人错得没道理，
竟然自杀了，她本该去诛杀仇敌。

“勇敢的罗马人，别再把你的心灵
沉浸在令人伤感的、哀悼的泪水里，
跟我一起跪下来，担负起责任，
用祈祷唤醒罗马的诸位神祇，——
既然罗马已蒙受了歹徒的非礼，——
就请神祇们准我们拿起刀枪
把这种邪恶的丑事沿街扫荡。

“现在，凭我们崇敬的卡庇托殿堂[①]，
凭横遭玷污却始终贞洁的血泊，
凭赋予大地以万物的灿烂阳光，
凭维护公理和正义的罗马帝国，
凭控诉冤情的贞女不朽的魂魄，
还凭这血染的尖刀，我们宣誓：
为这位贞烈的妻子去报仇雪耻。”

① 卡庇托殿堂，古罗马卡庇托山上的朱庇特（即宙斯）神庙。

说完这番话，他把手放在胸前，
亲吻那致命的尖刀，以结束誓词，
他激励别人都听从他的明断，
众人惊异地望着他，都同意举事。
他们一齐跪伏在地上，于是
布鲁图斯便把刚刚立下的密誓
又重复一遍，大家也再度明志。

大家保证把审慎的计划实施，
决定抬着鲁克丽丝的尸身游行，
好让全罗马都看见血染的遗体，
这样来公布塔昆的罪恶兽行；
这事情进展迅速，很快便完成，
罗马的百姓没人不欢呼响应
把塔昆家族永久地驱逐出境。

热情的朝圣者

小　引

1599年（莎士比亚三十五岁时），出版商威廉·杰加德（William Jaggard）出版了一本薄薄的诗集《热情的朝圣者》第二版。（第一版只有残页保存下来，不能确定其出版年月。）扉页上印着如下字样："热情的朝圣者。著者：W·莎士比亚。伦敦。W·杰加德出版。W·里克出售。1599年。"

集子中收有二十首杂诗。其中五首肯定出自莎士比亚的手笔。集子中的第一首、第二首分别为莎士比亚十四行诗第一三八首和第一四四首；集子中的第三、五、一四首分别为莎剧《爱的徒劳》第四幕第三景第60~73行、第四幕第二景第110~123行、第四幕第三景第99~118行，文字上略有歧异。其他的诗，已经查明四首的作者。第八首、第二〇首的作者为理查德·邦菲尔德（Richard Barnfield）。第一一首的作者为巴塞洛缪·格里芬（Bartholomew Griffin）。第一九首的前四节是克里斯托弗·马洛（Christoper Marlowe）的优秀田园抒情诗《热情的牧童对情人说》（但文本较差）。第一九首的最后一节《情人的回答》，是沃尔特·若利勋爵（Sir Walter Raleigh）的《少女对牧童的回答》。

其余的诗，算不得异常出色，作者都无可考。第一七首曾在托马斯·威尔克斯（Thomas Weelkes）于1597年出版的《牧歌集》中出现过。但威尔克斯是作曲者，不是作词者。第四、六、九首，还有第一一首，都是以维纳斯和阿多尼斯的神话传说为题材的十四行诗。由于第一一首被公认为格里芬的作品，第四、六、九首有时也被认为出自他的手笔，但没有证据证明。以前曾有人认为第四、六、九首可能是莎士比亚创作《维纳斯与阿多尼斯》之前的练笔之作，但这种看法现在已被放弃了。在第四首和第六首中，维纳斯被称作库特瑞亚（维纳斯的别名），这同莎剧《驯悍记》中的叫法一样，但这不能证明莎士比亚就是这两首诗的作者。维纳斯偷看阿多尼斯洗澡的情节，是把奥维德的两篇叙事诗合并而成，这不是莎士比亚或别的诗人个人的独创。例如，斯宾塞的《仙女王》中就出现过这样的情节。

第一二首，作者不详，而读者最倾向于把它归在莎士比亚名下；可是无法证实。这首诗，增添了诗节，于1631年再度出现在托马斯·德隆尼（Thomas Deloney）的《好心诗选》中。这本诗选有过一些更早的版本，但已遗失。这首诗是否收入这些更早的版本中则无从知晓。德隆尼约死于1600年，他死后出版的类似《好心诗选》的歌谣集中，有些诗并非他所撰写。

第二版问世后十三年，1612年（莎士比亚四十八岁时），杰加德又印行了第三版。第三版中增加了一些诗篇；扉页上印着："热情的朝圣者，或维纳斯与阿多尼斯之间的几首爱情十四行诗，最新修订和增补本。著者：W·莎士比亚，第三版。本版新增爱情诗简二封，其一为帕里斯致海伦，其二为海伦致帕里斯。W·杰加德出版。1612年。"实际上，新增的诗不是两首而是九首，均为诗人托马斯·海伍德（Thomas Heywood）所作。对此，海伍德在同年稍后出版的《为演员辩护》后附的“致印刷书商”中公开申明说：“这里我还必须指出该书对我的明显伤害，即把我的帕里斯致海伦和海伦致帕里斯两封诗简附印在以另一人（指莎士比亚）名的小册子里，使世人以为我从他进行了剽窃。……据我所知，该作者（指莎士比亚）不满于杰加德先生在他全然不知情的情况下这样大胆地擅自利用他的名字。”此项申明，也许还有莎士比亚的申明，迫使杰加德把尚未出售的该书第三版的扉页加以更换，换过的扉页上把莎士比亚的名字全删去了。

《热情的朝圣者》不能增添我们对莎士比亚作品的认识，倒是告诉了我们一些有关莎士比亚的名声以及当时一些出版商的出格行为的情形。

译　者

热情的朝圣者

一①

我爱人起誓，说她浑身是忠实，
我真相信她，尽管我知道她撒谎；
使她以为我是个懵懂的小伙子，
不懂得世界上各种骗人的勾当。
于是，我就假想她以为我年轻，
虽然我明知我已经度过了盛年，
我笑着信赖她那滥嚼的舌根，
在爱的不安中面对那爱的缺陷。
但是为什么我爱人说她还年轻？
为什么我又不说我已经年迈？
呵，爱的好外衣是说得动听，
爱人老了又不爱把年龄算出来。

① 此节原文与莎士比亚十四行诗第一三八首大致相同。

所以，我要骗爱，爱也要骗我，
既然爱能把我们的缺陷盖过。

二[①]

我有两个爱人，安慰，和绝望，
他们像两个精灵，老对我劝诱；
善精灵是个男子，十分漂亮，
恶精灵是个女人，颜色坏透。
我那女鬼要骗我赶快进地狱，
就从我身边诱开了那个善精灵，
教我那圣灵堕落，变作鬼蜮，
用美色和情欲去媚惑他的纯真。
我怀疑到底我那位天使有没有
变成恶魔，我不能准确地说出；
但两个都走了，他们俩成了朋友，
我猜想一个进了另一个的地府。
　但我将永远猜不透，只能猜，猜，
　等待那恶神把那善神赶出来。

① 此节原文与莎士比亚十四行诗第一四四首基本相同。

三[1]

你的眼充盈着善于辞令的天才，
使世上所有的雄辩家望而生畏，
岂不是这双眼促使我把盟誓破坏？
为了你而失信于人，这无可厚非！
我所背弃的只是个人间的女子，
不是你，而你是来自天上的神仙，
一面是天仙的爱情，一面是俗誓，
你的青睐将涤尽我的污点。
那俗誓只是一口气，飘荡游移；
而你，光照大地的美丽的太阳，
把这气状的誓言蒸发，收去：
誓言破灭了，过错不在我身上。
　就算我违约——可谁会如此愚盲：
　不放弃旧盟，去赢得整个天堂？

四

迷人的库特瑞亚[2]坐在小河边，

① 此节与莎剧《爱的徒劳》第四幕第三景第60~73行基本相同。
② 库特瑞亚，维纳斯的别名。

青春焕发的阿多尼斯在她身旁，
她频频送秋波去讨好这位少年，
只有美之神能投出这样的目光。
她给他讲故事为使他听了高兴；
她殷勤献媚去诱惑他的眼睛；
她抚摩他的身体想赢得他的心——
情意缠绵，就是要征服童贞。
可不知是他年龄小不解风情，
还是他有意拒绝她热情相邀，
柔嫩的小口对诱饵碰也不碰，
对她的好意只报以微微一笑：
　美丽的女神竟冲他仰面躺下来，
　他起身跑了；固执的傻孩子，唉！

五[①]

如果爱教我背盟，对爱人我怎样发誓？
啊！除非对美人，誓言全都是谎言：
尽管对自己亏待，对你我永远忠实；
这想法对我如橡树，对你如柳条弯弯。

① 此节与《爱的徒劳》第四幕第二景第110~123行基本相同。

学生不读书，他的书成了你的明眸，
其中蕴涵着人间能尝到的一切欢乐。
知识渊博，这就是把你整个了解透；
对你尽情地赞美，这才是饱学的本色；
无知，是麻木的灵魂，见到你而无动于衷；
我确是衷心爱慕你，这对我是一种荣耀：
你两眼似约夫[①]的闪电，嗓音如雷声隆隆，
不像是发怒，而是音乐，美丽的火苗。
　啊！仙子！请原谅爱情的虚妄的礼赞，
　称颂天仙怎么能出自世俗的舌尖！

六

朝阳还没有晒干清晨的露珠，
牛群还没有走进阴凉的树丛，
库特瑞亚，尝够了单恋的苦楚，
她渴望见到阿多尼斯，心情激动，
在小河旁边一株柳树下等候，
阿多尼斯常在这河中洗澡冲凉：
天气很热，她却有更热的企求，
盼着这少年来到他常到的地方。

---

① 约夫，希腊神话中最高的天神宙斯的别名。

不久他来了，把衣服扔在一边，
赤裸着身子在河畔青草上站定：
太阳辉煌的巨眼注视着世间，
却不像女神瞧着他目不转睛：
　他突然见到她，急忙往水中一跳：
　“天啊！”她叫道，“我要是那河水多好！”

七

我爱人很美，但总是三心两意，
她并不忠贞，虽然如鸽子般温柔；
她亮过玻璃，却也脆弱如玻璃，
她比蜡柔软，却像铁一样生锈；
　苍白的百合花，还让蔷薇红来增辉，
　她变得极其美丽，也极其虚伪。

她的嘴常和我的唇交融在一起，
吻一次说一回她爱我，发誓又赌咒！
她给我编许多故事叫我欢喜，
怕失去我的爱，担心爱不能长久！
　可是，尽管她表现出绝对的认真，
　她发誓，她流泪，全都是演戏，嘲讽。

她爱得炽热，如干柴碰到了烈火，
她把爱烧光，快得像火烧稻草；
她塑造爱情，又把这塑像打破，
她誓言忠贞，到头来又琵琶别抱。
　这究竟是恋爱，还是卖弄风骚？
　哪能好坏都不分，实在太糟糕！

八

如果音乐离不开美丽的诗句，
它们俩相依为命，如兄妹一般，
那么咱俩的爱情就会常绿，
因为你喜欢音乐，而我爱诗篇。
你爱道兰德[1]，他那奇妙的弹奏，
悠扬的琴声，使听众神迷心醉；
我爱斯宾塞[2]，他写诗尽得风流，
技压群芳，无须人为他鼓吹。

① 道兰德（John Dowhnd 1563~1626），与莎士比亚同时代的英国作曲家，诗琴演奏家，歌唱家，被公认为英国最伟大的歌曲作家。其作品表现出音乐变革期的新思想，出版有著名器乐曲集《拉克里梅耶》。

② 斯宾塞（Edmund Spenset，1552~1599），与莎士比亚同时代的英国诗人，作品有《牧人日历》《小爱神》等，主要作品为《仙女王》。他被誉为“诗人中的诗人”。

你爱听福玻斯[①]的诗琴（音乐的女王）
奏出美妙的旋律，销魂的乐曲；
而我爱听他自言自语的低唱，
听到他吟咏，我心中无限欢愉。
　诗人们想象：诗神和乐神不能分；
　一人爱两者，你就是两者的化身。

九

晨光灿烂，美丽的爱情女神，
…………[②]
她脸色比白鸽更苍白，忧心如焚，
为了阿多尼斯，那桀骜不驯的少男；
她站在陡峭的山上等他到来；
他终于来了，带着号角和猎狗；
痴心的女神，怀一腔深情厚爱，
嘱咐这男孩别住猎苑里乱走；
她说："我见过一位漂亮的青年，
在这里树丛中被野猪咬成重伤，
伤在大腿处，那样子看起来真惨！

① 福玻斯，即太阳神阿波罗，也是音乐之神。
② 此行原文已佚。

看我的大腿，伤处就在这地方。”
　她露出大腿，他看见几处伤痕，
　红着脸跑开，留下她独自一人。

一〇

鲜艳的玫瑰，早摘了，很快褪色，
刚刚吐蕊，就摘了，凋谢在春天！
闪耀的珍珠啊，瞬间失去了光泽；
美人啊，过早地毁于死神的利剑！
　仿佛青青的李子，挂在树梢，
　时候还没到，可风儿一刮就掉。

我为你哭泣，可是说不出缘由；
你的遗嘱里什么也没有留给我：
但是我对你本来就没有祈求；
因而你给我的比我希望的要多：
　噢，我求你宽恕，亲爱的朋友，
　你是把牢骚当遗产放到了我心头。

一一

维纳斯，身边坐着年轻的阿多尼斯，
香桃木浓荫下，她开始向他求爱：
她告诉小伙子战神曾把她调戏，
像战神那样，她扑向身旁的男孩。
她说："战神就这样紧紧搂抱我，"
说着，她把阿多尼斯紧抱在怀里；
"战神就这样解我的衣扣，"她说，
她希望男孩也施展爱的绝技；
她说，"战神就这样把我吻个够。"
随即她伸过嘴去贴上他的唇；
正当她喘气，他却一溜烟逃走，
压根儿不同她取乐，不领她的情。
　啊！但愿我水边的情人给我爱，
　抱紧我，吻我，吻到我终于跑开。

一二

衰老和青春不可能生活在一起：
青春充满欢笑，衰老充满忧伤；
青春如盛夏晨光，衰老如严冬寒气；

青春夏日般鲜丽，衰老冬日般荒凉。
青春生机盎然，衰老一息奄奄；
青春灵巧，衰老蹒跚；
青春热情勇敢，衰老怯弱冷淡；
青春奔放，衰老呆板。
衰老，我真厌恶你；青春，我真爱慕你；
　啊，我的爱，我的爱很年轻；
　衰老，我向你挑战：啊！可爱的牧羊汉，
　快走吧，我想你不能久停。

一三

美，只是个虚无缥缈的好东西；
一片晶莹的光泽，很快就消退；
一朵花，刚长成花苞就凋零落地，
一块脆玻璃，轻轻一碰就破碎：
　东西好，不可靠；玻璃，花朵，光泽，
　转眼就毁灭；碎裂，凋谢，失色。

就像好东西去了，永远回不来，
像光泽褪了，怎样擦也不再亮，
像花朵谢了，再不会重新绽开，

像玻璃碎了，再不能粘成原样，
　同样，美被玷污了，就永远消逝，
　不管你怎样痛苦，挽救，掩饰。

一四

晚安，睡好觉。唉！这与我无关；
她道声晚安把我的睡意全赶跑；
留我在小屋里，我不禁心烦意乱，
唱起这悲歌，疑心我已经衰老。
　“走好！”她说道，“希望你明天来再见；”
　好可好不了，只觉得心中好凄惨。

见到我离开，她确实笑得很甜，
我不想弄清这是不是讥笑友情：
也许，我走了，她心中好不喜欢，
也许，她要我再去做一回流浪人；
　“流浪”这词儿很像是我的魂儿，
　吃足了苦头，可还是白费劲儿。

主啊！我凝视东方目不转睛，
我的心和钟表较量着，晨光升起，

把世间万物从沉沉酣睡中唤醒。
但我已不敢相信自己的视力。
　夜莺在枝头唱歌，我坐着细听，
　希望她唱得像云雀那样动人。

云雀用她的歌声迎接天亮，
把做着噩梦的黑夜逐出大地；
黑夜跑了，我追赶我的姑娘，
怀着希望，见到了渴念的俏丽；
　悲哀变宽慰，宽慰里夹着悲哀，
　只为她叹息着邀请我明天再来。

只要她伴我，黑夜就去得迅捷，
可现在一分分一秒秒实在难熬；
跟我过不去，一分钟好似一个月，
阳光不为我及时向花儿照耀；
　夜快去，昼快来，昼向夜借些光阴；
　今夜，缩短些，到明夜，你再延伸。

配乐杂诗

一五

老爷有一位千金，三姐妹当中最美丽，
她爱慕她的老师，对他一心一意，
不想又见到一位英国人，俊美无比，
　她不禁动摇了心旌。

爱这位？爱那位？她内心长期斗争不止，
不再爱老师？拒绝那勇敢的英国骑士？
俩人中选择哪一个？这使她烦恼之至。
　唉，姑娘呵，可怜的人儿！

可是必须放弃一个人，她痛苦不堪，
想要同时得到两个人，这实在难办，
结果老实的骑士忍气吞声受怠慢。

　唉，她真不愿这么干！

这样，文和武争斗，文终于占了上风，
满腹经纶的才学夺走了姑娘的爱情：
睡去吧，饱学的先生给姑娘快乐欢欣，
　我的歌到此已唱完。

一六[①]

有一天（真正不幸的一天！）
爱情，永远是五月艳阳天，
看到一朵美丽的鲜花
在风流倜傥的风前嬉耍。
吹进柔嫩的花瓣，轻风
无影无踪地踏上行程；
于是，爱情嫉妒得要死，
　恨不能变作风儿去骋驰。
　“风儿，”他说，“能吹拂你的脸，
　风儿，愿我也福分不浅！
　可是，唉，我已经赌过咒，

① 此节原文与莎剧《爱的徒劳》第四幕第三景第99~118行大致相同。

　绝对不把你摘下枝头。
　年轻人这样发誓太轻率，
　小伙子谁不爱把鲜花采摘！
约夫见到你也会认为
朱诺的容貌又老又黑。
于是他放弃天神的威严，
为了得到你，赶紧下凡。

一七

我的羊不吃草，母羊不产羔，
公羊在衰老，全都不对劲儿；
爱情在消亡，忠诚是撒谎，
信心变渺茫，原因就在这儿。
快乐的舞步我全都忘掉，
姑娘不再爱我了，天知道。
她曾把忠诚奉献给真爱，
可如今，坚贞被否定、替代，
我丢了福气，一肚子晦气，
该死的命运啊，多变的姑奶奶！
我已经看清：女人比男人
更容易变心，更不可信赖。

我穿着丧服，我藐视恐惧，
爱将我放逐，我身为奴仆；
心儿在流血，我求助心切，
厄运呵惨烈，我背负痛苦。
我的牧笛呀寂然无声，
羊铃响丁丁，发出悲鸣，
截尾巴小狗原本爱欢跳，
现在胆儿小，不玩也不闹；
深深地叹息，几乎要哭泣，
汪汪叫，像知道我的苦难。
无情的荒原上，叹息声回荡，
像万千败兵依然在血战。
清泉不再淌，鸟儿不再唱，
绿树变枯黄，色泽暗无光；
牧人泪涟涟，羊儿睡得酣，
仙女心发慌，回头偷偷望。
可怜的情郎所有的快慰，
草场上一切欢乐的幽会，
晚间的嬉戏，全都离去，
爱情已消逝，爱神已死去。
再见吧，甜女，你的爱不需
让我尝到甜，只教我尝到苦。

可怜的珂瑞登[①]独自度一生，
我已经看出他只好认输。

一八

当你选定了中意的女子，
把你想逮的小鹿逮起来，
这样的事儿，该听从理智，
偏爱的情感也不例外。
　若是要咨询，找个聪明人，
　不要太年轻，还得结过婚。

你想对她讲你的心情，
别天花乱坠，尽耍贫嘴，
否则她觉得你在骗人
（跛子最容易发现瘸腿）
　你只须讲明你很爱她，
　再把她的人品夸一夸。

你做事要顺从她的意愿，

① 珂瑞登，古代牧歌中的牧童。

要舍得花钱，花在点子上，
大家的议论会传到她耳边，
说你挺大方，值得赞扬。
　怎样坚固的堡垒和城垣，
　也难以抵挡黄金的炮弹。

对她你要表现出信任，
求婚时必须谦恭诚挚，
除非这姑娘对你不贞，
你可千万别朝三暮四。
　时机一到，就和她亲近，
　别怕她拒绝你的热情。

别担心她此时紧锁双眉，
天黑前阴沉的脸色会转晴，
那时她已经来不及后悔，
却还要假装心里不高兴。
　天明前，她跟你亲热两次，
　顾不得过去曾故意藐视。

别害怕她似乎要跟你动武，
死活不愿意，又吵又骂，

到末了她柔弱无力准屈服，
乖乖巧口说出这种话：
　“要是女人和男人一样强，
　你就再不用痴心妄想！”

女人惯使出蒙人的把戏，
而且显现出诚实的外表，
她们肚里的花招和诡计，
你和她紧贴身也无法知晓。
　你没听见过人们这样讲，
　女人说“不”都是在撒谎？

女人要是和男人相争，
那是犯罪，不是当天使；
她们不想要天堂的神圣，
活够了岁数，便一死了之。
　床上的欢乐要只是亲吻，
　女人就不会找男人结婚。

可是，轻点，说多了，我担心
我那女人她听见这歌声，
不把我骂个够她决不甘心，

骂我舌头长，爱唠叨，没个停。
　不过，要是她那些诀窍
　被戳穿，她也不免要害臊。

一九

来和我同住，做我的情人，
我们要共度欢乐的时辰，
品尝着山峦、田野、谷峪、
陡峭的峰岭奉献的乐趣。

我们可以同坐在岩石上，
看牧童牧放一群群牛羊，
潺潺小溪边，涓涓细流旁，
听小鸟美妙的歌声回荡。

我要用玫瑰为你作床，
铺满了鲜花，散一片芬芳，
编一顶花帽，和一件全部
用香桃花瓣绣边的裙裾；

腰带用香草和藤花编织，

珊瑚作扣子，琥珀作扣饰：
如果这乐趣能打动你的心，
来和我同住，做我的情人。

情人的回答

如果这世界这爱情还年轻，
牧童的话语也充满真诚，
那乐趣就能打动我的心，
我和你同住，做你的情人。

二〇

曾经有过那么一天，
明媚的五月令人心欢，
我倚着一丛香桃木坐定，
周围是一片怡人的绿荫，
走兽在跳跃，小鸟在歌唱，
花草在萌芽，树木在生长；
万物驱走了一切悲哀，
只有夜莺是唯一的例外。
可怜的鸟儿孤苦伶仃，

她把胸膛向荆棘靠紧，
她的歌声是那么可怜，
听着真让人觉得凄惨。
“去去，去！”她这样叫喊，
“忒柔，忒柔！”[①]一遍又一遍；
这歌声倾诉着她的哀怨，
听得我不禁泪水涟涟；
因为她那深深的不幸，
令我想起自己的命运。
我想，你哀诉也是徒然，
没人会同情你的苦难。
草木无知，听不见叹息，
野兽无情，不会安慰你。
潘狄翁[②]国王早已死亡，
你的伙伴们是铁石心肠；
你的同类小鸟在欢唱，
丝毫不关心你的悲伤。
多变的命运露出笑脸，

① 忒柔，指忒柔斯（Tereus），忒柔斯是希腊神话中的特刺刻国王，雅典公主普罗克涅的丈夫。他强奸了妻妹菲洛墨拉并割下了她的舌头。姐妹二人为报仇，把忒柔斯与普罗克涅之子杀死，给忒柔斯吃。姐妹二人逃跑，忒柔斯穷追。最后神把三人变为鸟：普罗克涅为燕子，菲洛墨拉为夜莺，忒柔斯为戴胜。

② 潘狄翁，普罗克涅和菲洛墨拉的父亲。

你我双双都被她欺骗。
有的人对你阿谀奉承，
一遇到患难全不讲情分。
说空话容易，随意出口，
真诚的朋友实在少有：

只要你有钱乱花不心疼，
人人都争着跟你讲交情；
一旦你穷得叮当响，没钱花，
谁还会乐意来帮你一把！
要是一个人挥霍钱财，
他们倒夸他大方慷慨；
对他一味地恭维，赞扬，
“巴不得你做个真正的国王！”
如果他倾向于为非作恶，
他们立刻勾引他堕落，
如果他生性喜爱渔色，
他们叫女人供他取乐。
可一旦他不再青云直上，
他的声望便一落千丈；
原先对他巴结又讨好，
现在恨不得同他绝交。

真正的朋友决不会忘记
朋友间必须要同舟共济：
你若是悲伤，他也会哭泣；
你若是失眠，他也没睡意；
你心中承受的种种苦难，
他都要与你来共同分担。
明白了这一点才能区分
忠实的朋友和谄媚的敌人。

（完）